魔女沫沫的另類修行

黑暗崛起

7

蘇飛 著
Tamaki 繪

新雅文化事業有限公司
www.sunya.com.hk

目錄

角色介紹

羅賓

魔女沫沫的修行助使，牠是一隻十分囉嗦的知更鳥。

沫沫

小魔女，十歲，具有神秘的魔覺力。外表與人類相似，但長得十分矮小。她臉色雖有些蒼白，神情也很冷酷，卻宛如洋娃娃般精緻美麗。有時沫沫為了幫助人類，會違規使用魔法。

齊子研

小魔女，十一歲。聰明而有點高傲，個性外向而衝動，總是魯莽行事，沒有耐性，脾氣來得快也去得快。

喬仕哲

小魔子，十一歲。子研的表哥，是守規矩的乖乖紳士，不喜歡觸犯規則是因為不想讓自己陷入危險或不好的事情當中。

房米勒

小魔子，十一歲。魔法力不高，常被同輩欺負，但為人熱情憨厚，總是熱心助人。口頭禪是「你不知道」。

嚴農

沫沫的養父，是魔侍中的費族，由於擅長煉藥，被人稱為魔法藥聖。

速度力
使速度加快。

咒語：
德起稀達，速！

幻想力
製造指定物件或氣味的幻象。

咒語：
歡打戲牙，(物件／氣味)！

定身力
讓物體定住無法移動。

咒語：
斯達地落，定！

驅散力
撥開一切遮蔽物。

咒語：
形夾離稀，散開！

傀儡力
控制物體移動。

咒語：
麻離偶類達——(動作指令)！

隱身力
讓自己隱去身影。

咒語：
拉浮雷雅，隱身！

催眠力
讓物體睡去。

咒語：
茶諾絲，眠！

飛行力
可以騰空飛行。

咒語：
提希而，騰空！

魔侍手冊

每個魔侍都有一本魔侍手冊，翻開第一頁即寫明魔侍必須遵守的守則。

魔侍們還可以透過魔侍手冊查找所需資料，比如找出需要幫助的人類資料、煉藥小屋可以安置的地方等等。

綠水石

一塊晶瑩剔透、大小有如一顆雞蛋的暗綠色石頭，屬於稀有魔法物品。

通過它，魔侍能看到某個人類的行動與狀況。它還具有預示危險事件的魔力及視像通話功能。

魔法緞帶

一種特殊魔法道具，必須通過提煉而成。有各種不同功能的魔法緞帶，比如變形緞帶、搬運緞帶、移行緞帶等等，每種緞帶具有不同顏色。

「鼴鼠」小組

「鼴鼠」小組成立的原因，是為了追查虐待犰狳小球及私自放出古生物的可疑魔侍，行動代號為「鼴鼠」，小組成員包括沫沫、米勒、仕哲和子研等人。

這些都只是一小部分的魔侍知識。若想提升魔法力，你就要多留意書中提到的各種知識了！

❧─魔侍守則第一條─❧

不能用魔法有意傷害人類。

❧─魔侍守則第二條─❧

與人類保持距離，
不能與他們成為朋友。

❧─魔侍守則第三條─❧

守護人間正義及秩序，
有能力者必須幫助地球上
需要幫助的人。

引子

　　在很深很深的叢林裏頭，住着一羣不為人知的特別物種——魔侍。

　　魔侍的外觀與人類相似，他們與人類最大的分別，就是擁有某些特殊的神秘力量——魔法力。

　　魔侍與世無爭，熱衷於修行，並分為三個族羣——費族、仁族和松族。

　　他們與人類一樣有男女之分，男的被稱為魔子，女的則喚作魔女。

　　魔侍與人類原本河水不犯井水，互不相干。直到某一天，一位人類踏入他們位於叢林深處的家園……

從此，人類便與他們扯上了關係。

叢林周邊的小城鎮開始有一些關於他們的流言蜚語，甚至有人傳唱：

潘朵拉的盒子開啟了
在東方最隱秘的森林
魔女狂妄起舞
酷暑夏至來臨
眾星繞月之時
傲慢人類承受浩劫

魔侍不喜歡人類對他們的誤解，因此他們之中有些人走出叢林，來到人類的世界。

如果你遇見了他們，是幸運，還是不幸呢？

第一章

不速之客

尼克斯魔法修行學校水二班內，兩位魔侍在**交頭接耳**談話。

「你的圈圈畫得不夠圓，說明你還不夠專心。」

「問題是，我不知道怎麼做才能專心。」

「記住，畫圈圈的時候，什麼都不要想，只想着要畫好圈圈。要當作其他魔侍都不存在，只有你自己在這裏畫圈圈。」

「其他魔侍都不存在，只有我一個，其他魔侍都不存在，只有我一個……哎呀，手又抖了一下，呼！」

大清早在課室**忙忙碌碌**的兩位魔侍，正是沫沫和米勒。

沫沫答應每天清晨提早到教學大樓教導米勒

如何提升專注力，只要練好專注力，就能更好的學習和掌握魔法力。因此，她現在每天和米勒趁着教學大樓一開門，就趕到水二班課室練習專注力。

「沫沫，我是不是真的完全沒有辦法學好魔法力啊？我知道自己**資質**不夠，我太蠢了！」米勒看着剛才畫的一堆「不圓的圈圈」，懊惱地說。

沫沫瞪一眼米勒，歎口氣道：「米勒，你總

是對自己沒有信心。任何事都不可能一下子做得好，必須經過**努力學習**的過程，也許某一天你會發現自己突然就能掌握得很好了呢！」

米勒晃晃頭，問：「真的嗎？」

「只要堅持每天練習，一個月後回頭看，就會發現你畫的圈圈進步了！」

「嗯，我要**相信**自己。」米勒雖然這麼說，但是他似乎還是很懷疑自己，問道：「不過，只是畫圈圈，真的可以練好專注力嗎？」

「一次只需要專注在一件事上，等到你能畫好圈圈，我會再教你其他方法。」

「好吧！」米勒呵口氣，**埋頭**繼續畫圈圈。

沫沫在旁邊觀察一會兒，然後走回自己的座位，預習今天的魔法史課程內容。她之前因為忙着尋找盤天工場的資料，都沒能好好預習各種課業呢！因此，沫沫得趁幫助米勒練習專注力的早晨時段，把落下的進度全部追回來。

「魔侍年5760年至5840年這段時間，魔侍世界各地區的食水相繼受到**污染**，原因是人類世界的土地及河流含有重金屬。」

沫沫推算道：「魔侍年5760年至5840年，也就是人類世界1760年到1840年之間，哦，那時候正好人類世界開始了**工業革命**……」

沫沫的人類史學得不錯，對魔侍史的理解和掌握有很大的幫助，能第一時間推敲問題出在哪兒。

在沫沫懷裏的羅賓忍不住竄出來，晃晃頭說：「人類真是地球最大的破壞者啊！原本那麼美麗的星球，就因為人類要發展所謂的**文明**而被污染、破壞。」

「也不能這麼說，人類的能力有限，因此才想到推行工業革命，機械化的確對人類的生活起到很大的幫助，改善了人類體力不足的問題。」

羅賓瞪大了眼，想不到沫沫居然會站在人類的立場來看待這件事，牠忍不住暗自讚歎：「沫

沫不愧是仁族，天生具備一顆**善良仁慈**的心啊！」

沫沫繼續預習魔法史課本，唸道：「魔侍世界為應對食水污染的問題，開始了研發和培養各類過濾菌種，除了尋找到淨化空氣的翅蟲，還成功繁殖出能過濾水源的濾水菌類，比如海帶絲菌和浮游球藻……」

羅賓看着沫沫和米勒專注學習的樣子，呵口氣道：「多美好的學習時光啊！真**羨慕**年輕的孩子們。」

羅賓望向窗外，說：「反正時間還早，去外面轉一轉吧！待會兒上課，就只能靜靜躲在沫沫懷裏**無法動彈**了。」

之所以那麼說，是因為尼克斯魔法修行學校規定魔侍的修行助使在教學樓不能說話和做出干擾學生上課的舉動。

羅賓帶着愉悅的心情，展開雙翅噗噗噗地從課室窗戶飛了出去。

「世界多麼美好啊！尤其在尼克斯魔法修行學校，**綠樹環繞**，空氣清新，生活在這兒真的好舒服！」

羅賓邊說邊振翅飛翔，竄到高高的枝椏上方盤旋。

此時的牠並不知道自己的身影暴露在某個捕獵者的目光下。

捕獵者兩眼銳利地瞇起來，快速地穿行於樹林中。

牠速度極快，但又非常小心，從一棵樹竄到另一棵樹，只來得及看見一道灰褐色的影子在晃動。牠漸漸拉近與**獵物**的距離，最後，牠來到羅賓停下來休息的樹梢下方……

「來到這裏幾個月了，雖然這兒的空氣沒有濕地家園舒服，牀墊也沒有濕地家園的好，但只要能陪伴在沫沫身邊，看着她一天天成長，學好魔法力，就是我最欣慰、最開心的事了……」

羅賓自言自語地發出感歎，沉浸於清晨舒爽

的自然氛圍中，全身鬆懈下來，沒有任何防備。

捕獵者看準時機，瞬間朝羅賓衝過去！

等到羅賓發現，已經來不及逃開，牠翅膀才剛伸展開來，就被捕獵者一口咬住了尾巴！

第二章
狡猾的捕獵者

羅賓發出尖利的叫喚聲，驚動了課室中的沫沫。沫沫知道羅賓出事了，立即衝出課室。

沫沫一眼望見羅賓被捕獵者含在口中，迅速拋出魔法緞帶移行到樹梢，但她還是慢了一步，捕獵者已經**逃逸**到樹林中。

沫沫馬上唸出咒語：「德起稀達，速！」快速追向捕獵者，這時，米勒也從教學樓衝出來，施行速度力趕了過去。

捕獵者似乎非常熟悉躲藏和**逃竄**，總是在沫沫快靠近時又拉開了距離。

「不行，這樣下去，我肯定會錯失逮住牠的時機，到時羅賓……」

沫沫才這麼一想，捕獵者就消失了蹤影。

隨後跟來的米勒停在沫沫身旁，問道：「怎

麼了？羅賓出什麼事了？」

「牠被一隻東西抓捕了，再不快點找到牠，羅賓會**命喪**捕獵者的口中。」

「是什麼東西抓住羅賓？」米勒着急問道。

「不知道，牠行動太迅速，看不清楚。」

這時沫沫瞄到捕獵者的身影，喊道：「在前面！」

她趕緊施行速度力追過去，但很快又失去捕獵者的蹤影。

「這傢伙太狡猾了，米勒，你必須配合我一起行動，才有辦法抓住牠。」

米勒突然獲**施予重任**，忐忑問道：「要怎麼配合？」

沫沫雖然在跟米勒談話，但是兩眼並沒有鬆懈下來，她仔細搜尋着捕獵者的蹤影，緩緩說道：「下一次看到那傢伙，我會使出幻想力，讓牠誤以為前方有阻礙物而轉向我們，到時你必須使用定身力，及時讓那傢伙定下來。」

「什麼？不，不，我不行的！沫沫，你不能自己使用幻想力的同時使出定身力嗎？」米勒兩眼瞪大着，**驚慌不已**地說。

「不能。牠移動太迅速，我必須持續並專注施行幻想力，才不會讓牠生疑。」

「可是我的定身力使用得不好。」米勒擔憂地說。

「不管好不好都必須使出來，羅賓能不能活下來就靠我們了。」

「可是我——」

「牠在那邊！快跟上！」

沫沫緊追着捕獵者的身影，然後迅速唸出：「歡打戲牙，樹叢！」

那捕獵者看到前面有**阻礙物**，果然繞了回來，沫沫盯着牠的蹤影連續使出幻想力。

「歡打戲牙，山壁！」

「歡打戲牙，鴻溝！」

「歡打戲牙，石塊！」

眼見捕獵者逐漸接近他們，沫沫**看準時機**，說道：「米勒！趁現在！」

　　米勒繃緊着神經，兩眼突出地盯着捕獵者往他衝過來，大聲唸道：「斯達地落，定──」

　　米勒施行定身力後，有一瞬間感到自己快暈眩了。他從來沒有被指派這種**生死攸關**的任務，緊張得無法呼吸。

　　等他神智清醒過來時，他卻沒看到捕獵者和羅賓的身影，只見沫沫一副失魂落魄的模樣。

　　米勒訥訥問道：「沫沫，我……是不是施展定身力失敗了？」

　　沫沫**雙目無神**地看着米勒，腦海一片空白。自她懂事開始，生活就少不了羅賓，羅賓雖然有時候很囉嗦，卻是一直陪伴着她、關愛她的家人。她無法想像羅賓就這般莫名其妙地被吃掉！

　　米勒醒覺到他確實沒有成功施行定身力，**手足無措**地說：「是我害了羅賓，我太笨拙了……怎麼辦？沫沫，羅賓會不會因此喪命？」

向來冷靜的沬沬已喪失理智，她口中焦急地呼喚羅賓的名字，慌亂地在附近的樹林搜尋，米勒也加入搜尋，但他們**一無所獲**。

　　沬沬突然若有所思，道：「剛才米勒你施行定身力的時候，捕獵者還處於我行使幻想力的幻象中……那幻象是一道石壁障礙，牠沒有後路可以退，只能朝我們奔來……」

　　沬沬似乎想到了什麼，說：「之後米勒你行使定身力失敗，牠卻沒有跑向我們，而是突然不見了！」

　　「那就是說……牠識破了石壁障礙是假的，繼續往前奔跑？」

　　沬沬晃晃頭，道：「但我並沒有看見牠往前方逃去。」

　　「呃，那到底表示什麼？」米勒抓不着頭腦地問。

　　沬沬回到剛才捕獵者失去蹤影的地方，她發現有片草堆微微地高起來，沬沬趕緊撥開草堆，

底下的泥土有被翻動過的痕跡。

「難道牠鑽進地底？」米勒**訝然**説道。

沫沫做出噓的手勢，然後悄悄使出驅散力：「形夾離稀，散開！」

底下被翻動過的草堆自動緩緩地撥開來，向兩邊散去。沫沫清楚看到泥土的確有突起來的部分，於是她趕緊沿着微微隆起的土塊**躡手躡腳**地追蹤過去。隆起的土塊來到一道七里香樹叢前就消失了。

這時他們聽到**窸窸窣窣**，像是爪子在扒東西的聲音，接着還聽見沉悶的噗噗聲。

沫沫探頭過去七里香樹叢後方，那兒有隻像鼬*的生物在努力撥開泥土挖洞，而羅賓就躺在牠腳邊，牠應該是準備躲在洞穴內大快朵頤啊！

米勒看到沫沫的神情，好奇地探頭出去，差點兒驚叫出來！他趕緊噤聲，可雙手觸碰到樹

---

*鼬：粵音「右」。

葉，發出了聲響！那像鼬的生物的眼珠子迅速瞟過來，機警地叼着羅賓就要逃跑。說時遲那時快，沫沫在牠眼角瞄過來的瞬間，對牠行使了定身力！

沫沫衝了過去，將羅賓從牠口中救出來，說：「狡猾的傢伙，慢個半秒就被你逃走了。」

沫沫讓羅賓躺在地上，拿出養父嚴農給她在緊急時刻才能使用的魔法療癒緞帶，幫羅賓止血，然後再用搬運緞帶，把**僵直**在那兒不能動彈的捕獵者一塊兒搬運到校長室中的隱秘煉藥房內。

在這兒不用擔心捕獵者逃竄，因為如果沒有魔法鑰匙——雅米巴蟲的允許，絕對無法出去。

米勒從頭到尾什麼忙都幫不上，只能眼睜睜看着沫沫從那隻像鼬的生物的口中救出羅賓，對羅賓施行急救，再把那生物關在這隱秘的煉藥房，他覺得**無地自容**。

「對不起，沫沫，我一點兒都幫不上忙，只

會拖累你⋯⋯我真沒用⋯⋯」米勒洩氣地說。

「別說了。現在必須查出這狡猾的傢伙到底是什麼，怎麼會闖進尼克斯魔法修行學校。」

沫沫打開魔侍手冊，空白的紙張浮現幾行文字，顯示沫沫想要知道的資訊。

「原來這傢伙是伶鼬。牠**行動敏捷**，擁有高超狩獵技巧，擅長攻擊比自己大很多的動物，能在亂石堆或石縫中如閃電般追擊獵物。」沫沫皺起了眉頭，「難怪牠可以躲避米勒你的定身力咒語。」

「不，我自己知道自己事，是我太笨，學習能力太差。」米勒很難過，把頭垂得快貼近胸口。

「你別再責怪自己，羅賓沒事就好。」沫沫繼續查看魔侍手冊上的解說，「這隻伶鼬是在捕捉獵物時**攀附**到伸縮包裹球*上，跟隨包裹進到

---

*伸縮包裹球：魔法道具，可將大型物件壓縮變小，包覆在一個球體內，運送到目的地後，裏面的東西會自動恢復成原來的大小。

尼克斯魔法修行學校裏面。」

　　沫沫感歎道：「這可是尼克斯魔法修行學校的防衛**漏洞**，必須通知科校長這件事，以免又有外來生物闖進學校。」

　　沫沫盯着定身力快要解除，**蠢蠢欲動**的伶鼬，俯思道：「該拿你怎麼辦呢？」

第三章

無神的眼瞳

在修行助使訓練所的難馴生物隔間內，哈里斯太太正費力地壓住伶鼬，但不過兩秒，又讓伶鼬滑了出去。她只來得及抓緊伶鼬的尾巴，**冷不防**地一個回嘴咬過來，哈里斯太太閃避不及，讓牠咬住手臂，幸好還沒有咬合，她就使出傀儡力：「麻離偶類達——張嘴！」

伶鼬頓時張大了嘴，合不起來，接著，哈里斯太太比畫著動作，說：「去那邊待著，走。」

伶鼬雖然極力反抗，但身體**不由自主**地走向旁邊，在哈里斯太太指示的地方停下來。

「小綠，快！」

一隻枯枝模樣的竹節蟲衝過來，手上拿著一小瓶事先準備好的魔法藥水，遞給哈里斯太太。

哈里斯太太接過魔法藥水，迅速衝向伶鼬，

說：「張嘴！」

伶鼬很辛苦地張開了嘴巴，但牠**掙扎**着，硬是把嘴巴合起來了。

哈里斯太太知道傀儡力就要失效，再次唸道：「麻離偶類達——張嘴！」接着她繼續給出指令：「仰高頭！嘴巴閉上！喝下去！」

伶鼬吞下魔法藥水後，小綠趕緊用繩子捆住伶鼬的前肢和後足，確定伶鼬沒辦法移動後，哈里斯太太才**如釋重負**地癱坐在地上。

「你這頑皮的小寶貝，害我浪費了好多魔法藥水，你知道嗎？要不是使出傀儡力，都沒辦法讓你乖乖喝下去。」哈里斯太太口裏雖然像在責備伶鼬，雙目卻流露出**憐愛**的神情。她向來對小動物最沒辦法了。

「傀儡力不是屬於禁忌魔法力嗎？」

哈里斯太太慌張地望向門口，說話的正是沫沫。

米勒在沫沫後方走了進來，看着伶鼬僵住身

體的樣子，驚訝問道：「哈里斯太太，你確定要訓練伶鼬成為修行助使？」

哈里斯太太點點頭，道：「在訓練所這麼多年，我自信能**鑒別**生物是否具備成為修行助使的潛能。」

「為什麼你會使用傀儡力？」沫沫不放棄地追問哈里斯太太。養父農叔曾對沫沫說過，傀儡力是不能隨便學習的魔法力，僅有少數魔侍懂得使用。

哈里斯太太撇撇嘴，顯然她不想對沫沫解釋，但眼下看來，她不說清楚，沫沫絕對不會**罷休**。

她呵口氣，說道：「傀儡力雖然是禁忌魔法力，但某些魔侍允許學習。傀儡力需要很高的天賦和努力，我懂得的只是控制物體行動的傀儡力，有些天賦很高的魔侍能控制行為和思想。」

「既然是禁忌魔法力，為什麼可以在訓練所使用？」米勒問道。

「的確是不能隨便使用，但我也不能任憑這小寶貝浪費我寶貴的魔法藥水。雖然有明文規定在尼克斯魔法學校不能使用傀儡力，但針對某些**特殊情況**，科校長是允許我使用的。」

沫沫似乎接受了哈里斯太太的説辭，畢竟科校長批准的事應該都有她的理由。

米勒盯着身體僵硬的伶鼬，氣憤地説：「為什麼要訓練這種殘暴的生物？牠差點把羅賓吃掉呢！」

哈里斯太太瞪米勒一眼，道：「生物的捕獵行為是天性使然的，不然怎麼生存？伶鼬會這麼做是順應自然，你不應該對牠存有偏見。只要訓練成功，就多一個能幫助魔侍的修行助使，這不是**兩全其美**的事嗎？」

米勒聽了不再出聲，這時哈里斯太太站了起來，拿起擱在牆邊一大一小的皮箱子，過去替伶鼬鬆綁，將牠放進箱子裏頭。

哈里斯太太看到沫沫和米勒**一臉迷惑**，沒

好氣地說：「我可不是虐待牠，裏面那層箱子的透氣度較高，但韌性不夠，這兩天已經被這小寶貝弄破了幾個，所以必須加多一個厚皮箱子，以防牠又逃出來。」

沫沫走向伶鼬，她很好奇哈里斯太太怎麼判斷這隻**桀驁難馴**的伶鼬有潛能成為修行助使呢。

沫沫蹲下來，透過皮箱上的圓形小孔看到伶鼬在箱子中正慢慢恢復狀態。牠那兩個黝黑渾圓的眼珠上下轉動不停，似乎非常憤怒，但某個瞬間，沫沫發現牠的黑眼珠閃過一抹詭異的神色。

伶鼬那迷蒙無神的眼珠令她**毛骨悚然**，由衷感到眼前的生物只是個被操控的傀儡。

「哈里斯太太確定不懂得控制伶鼬的思想？為什麼我感到伶鼬沒有自己的意識？」沫沫困惑地想，但很快地，伶鼬就恢復原狀，粗暴地撞擊着皮箱子。哈里斯太太趕緊叫大夥兒都出去，讓伶鼬冷靜冷靜。

「你們看着吧！我一定會好好訓練這個頑劣的小傢伙。」說着哈里斯太太轉向她的修行助使，「小綠，得抓緊時間訓練其他寶貝了！」

小綠趕緊**縱身一躍**，跳上哈里斯太太的草帽，哈里斯太太大踏步急急走向訓練所大廳。

沫沫和米勒走出訓練所門口，米勒仍舊無法接受哈里斯太太的決定，一臉**憤憤不平**。

「哈里斯太太要訓練伶鼬成為修行助使，那我以後來這裏打工，不是很有可能要餵食這頭差點吃掉羅賓的傢伙？」

米勒不忿地説：「沫沫，你真的可以原諒伶鼬？」

沫沫呵口氣，回道：「如果牠真的可以受訓成修行助使，也是件好事。至於原不原諒，不到我來説，得讓羅賓決定。不過⋯⋯」

「不過什麼？」

「沒什麼。」

沫沫盤算着如何解開她心中的疑惑。

「剛才的事絕對不是錯覺，伶鼬確實可能被控制着思想。不過，我必須先找到確鑿的**證據**！」

第四章

阿冰與安吉羊

　　米勒這陣子放學後都往學校的醫務室跑。

　　醫務室位於行政大樓三樓，共有兩間診療室及五個休養間，羅賓住在5號休養間。

　　5號休養間主要供重症者入住，是位於最裏面的隔間，不易受到探病者干擾。

　　羅賓的傷勢比沫沫想像的還嚴重，牠的胸腔和頸部都受到**重創**。雖然沫沫用珍貴的魔法療癒緞帶及時幫牠止血和癒合傷口，但由於羅賓被抓捕後拖了好一段時間才救回，失去過多鮮血，傷口難以癒合。

　　魔法療癒緞帶屬於較難提煉的魔法緞帶，農叔只給了沫沫一條，叮囑她緊急時刻才可使用。魔法療癒緞帶雖然能癒合傷口和止血，卻有使用上的局限，越短時間內使用，**療效**越好。

米勒非常自責，他自發到休養間照護羅賓，連一向最重視的訓練所打工都耽擱了。

「米勒，你還是去訓練所吧！你負責餵食的區域包括小蟲區及小生物區，如果你不去，哈里斯太太和她的修行助使小綠肯定忙得**焦頭爛額**。」沫沫看著幫羅賓清潔傷口的米勒，說道。

「不，羅賓會傷得那麼嚴重都是因為我的緣故，我必須負起責任照顧牠，直到牠康復為止。」米勒忽然低下頭來，不敢望向沫沫，「還有，我決定不參加魔物師競賽了。」

沫沫感到很驚訝，那麼**憧憬**成為魔物師的米勒竟然要放棄參加魔物師競賽？她趕緊說：「你忘了怎麼馴服小球*了嗎？連哈里斯太太和小綠都無法**駕馭**的狂躁生物，居然讓你馴服了，你具有成為魔物師的天賦，你甘心就這麼放棄你的夢想嗎？」

* 想知道住在修行助使訓練所的犰狳「小球」被米勒馴服的經過，請參閱《魔女沫沫的另類修行3：謎之古生物》。

「不，我其實並沒有天賦，那次是誤打誤撞才讓小球聽我的話，我太笨了，沒辦法當魔物師。」

「你並不笨，米勒，你不應該這麼說自己。」

「不，沫沫你才應該去參加魔物師競賽，你那麼優秀，肯定能獲勝。我呢，以後能在訓練所當飼養員就已經很不錯了。」

「可是——」

米勒打斷沫沫的話，道：「就這麼說定，以後沫沫你不需要大清早就到教學樓教導我專注力了。你不知道，我真的懶得那麼早起呢！」

米勒**故作輕鬆**地拿着換下來的繃帶走了出去。他走到醫務室的洗手盆，大大地呼口氣。這可是他**頭一遭**否決沫沫的提議呢！

「我不能再扯後腿，成為沫沫你的累贅。再說，魔物師根本不是我這種愚鈍的魔侍可以當的啊！」

米勒嘴裏雖然這麼説，但意會到自己資質低弱，還是讓他很失落。他悼然把舊繃帶丟進垃圾桶，搓洗沾上藥水的雙手。這會兒，他卻聽見一道**響亮爽朗**且熟悉的聲音。

「咕嚕咚老師？」

沫沫這時也聞聲走了過來。

他們好奇地走向前面的休養間，只見咕嚕咚正坐在1號休養間的其中一張病牀上，腿部貼着膠布，與隔鄰病牀的魔子比手畫腳地**高談闊論**。

「要不是我急着收集阿冰身上的東西，阿冰肯定沒辦法傷到我們。」咕嚕咚一副不服氣的樣子說道，「你說是不是？」

旁邊那名魔子看起來傷得比咕嚕咚嚴重，除了手臂，頸部和臉部也貼上了膠布。他似乎不太想理會咕嚕咚，只晃了下頭，什麼也沒説。

「我知道我不應該不聽你勸，先安撫阿冰，可是**事態緊急**，安吉羊在課室那裏發狂，我要

是不快點收集到阿冰身上的黏液，同學們難保不會被安吉羊弄傷啊！」

那魔子還是不回答，只是眉頭皺緊了晃晃頭。

「老龐，你別總是**一問三不回**，我們又不是第一天認識，你那麼怕生怎麼跟其他魔侍溝通？」

名喚老龐的魔子沉默半晌，終於開口說道：「你不願聽我的勸，害得我幫你收拾爛攤子，弄

得一身傷，你還要我說什麼呢？」

「我知道是我太着急，這次真是對不住你啦！不過你也知道，要不是安吉羊發瘋般搗亂，我也不會這麼着急要收集阿冰的黏液來安撫牠啊！」

沫沫實在太好奇了，忍不住走過去問道：「阿冰到底是什麼？安吉羊到底發生什麼事？為什麼會發狂？」

咕嚕咚見到沫沫，驚喜地說：「沫沫啊，見到你真是太好了！我啊，在這裏多待一分鐘都會悶死！」

咕嚕咚**別有意味**地瞄了眼老龐。

老龐這回卻沒有保持緘默，他對沫沫說：「阿冰是一種叫冰蓮的稀有寄生植物，外觀像長滿絨毛的多肉植物，能分泌讓人鎮定的黏液，但它那絨毛——」

老龐還未說完，咕嚕咚就着急地接下去說：「別看那尖尖的絨毛那麼細小，它含有**毒性**，

41

被絨毛刺中可會**麻痺**又刺痛呢！」

沫沫疑惑地打量他們，說：「可是，為什麼你們看起來一點兒事都沒有？」

咕嚕咚扁扁嘴道：「誰說沒事？我現在都沒辦法下牀走動，一碰到地上，雙腳就又痛又麻。你也知道，要我靜靜地不動，簡直要我的命！」

「只要不亂動，就不會覺得痛和麻痺。」老龐解釋道，沒好氣地看一眼咕嚕咚，「你就乖乖地休息一天，等刺麻感消失就能離開這裏了。」

「唉！我就是一天都不想待在這裏，悶死我了！我趕着回去研發新奇的魔法力，還得找找最適合我的修行助使啊！」

「安吉羊牠現在怎麼了？」一直站在旁邊不出聲的米勒這時諾諾地問道。

「放心，我讓同學們用取得的阿冰的黏液擦拭在安吉羊身上，牠現在很安靜地待在修行助使訓練所內，哈老太婆幫我看着呢！」

米勒稍稍放下心來，他在訓練所看過安吉

羊，牠是哈里斯太太最近才訓練成功，具有修行助使資格的動物。安吉羊的外形酷似羊，但體型較一般羊兒小，牠具有優秀的模仿聲音能力，一般情況下非常柔順，但聽到噪音則會**躁動**，甚至亂咬人。

「為什麼安吉羊會在課室出現？」沫沫問道。

「我只是借用安吉羊模仿聲音的能力，來幫助同學們練習變聲力，想不到有同學變出的聲音太**聒噪**，令安吉羊發狂，簡直要把整個課室翻了過來！」

老龐歎了口氣，說：「不能隨便用修行助使來上課，你不知道嗎？」

「我也不是隨便借用，本來打算測試一下安吉羊適不適合當我的修行助使，誰知道牠這麼令人頭疼，呼！我還是另外尋找適合我的修行助使吧！」

沫沫不禁失笑，咕嚕咚就是個整天在尋找修

行助使，但又找不到最適合他的修行助使的麻煩魔侍啊！

咕嚕咚把**矛頭**轉向沫沫，沉着臉說：「小魔女你是不是忘記要幫我尋找修行助使的事了？*」

「當然沒有。只是一直都找不到最適合你的修行助使。」

咕嚕咚大大地歎了口氣：「唉！我是不是沒辦法找到最適合我的修行助使了啊？」

「修行助使有那麼難找嗎？」米勒問道，他一直沒有能力購買修行助使，因此對於有足夠銀幣卻找不到修行助使的事不太理解。

「他是太挑剔，你們別看他一副**大剌剌**的樣子，他做起事來特別認真，一丁點不合他心意都是不行的。」老龐晃晃頭說，似乎對咕嚕咚非常了解。

---

*想了解沫沫幫咕嚕咚尋找修行助使的約定，請參閱《魔女沫沫的另類修行2：魔侍開學禮》。

「老師想找的是什麼樣的修行助使?」米勒問。

咕嚕咚眨了眨眼,興奮地說道:「當然要機靈些,而且必須行動迅速,愛好自由,不願意被**束縛**,啊,最好像我一樣充滿創意,最後,一定要懂得保護我和自己,不容易被發現⋯⋯」

老龐又晃晃頭,道:「你們不用理他,這種條件的修行助使應該永遠找不到。」

咕嚕咚氣呼呼地吹了吹鬍子,說:「老龐你怎麼老是掃我的興?」

沫沫眼珠子轉了轉,摸摸下巴道:「弄傷羅賓的動物,好像跟你說的差不多⋯⋯」

咕嚕咚聽了一時激動得跳下牀,隨即痛得**哇哇大叫**,呼着痛坐回牀邊。

「都讓你乖乖待着了。」老龐冷眼說道。

「你真是太沒有同情心了,虧我跟你那麼多年的老同學。」

「原來你們是同學,難怪感情那麼好。」米

勒説。

「誰跟他感情好？他最好不要來魔法温室找我，每次過來總是沒好事發生。」老龐撇撇嘴説。

「呵，你心裏其實希望我來找你的，對吧？哎，不説這個，」咕嚕咚緊張地看着沫沫，「小魔女，你剛才説弄傷羅賓的是什麼動物？」

「是伶鼬，羅賓差點兒喪命牠口中。牠不只機靈，而且破壞力十足，有好幾次差點兒給牠逃出訓練所。哈里斯太太沒辦法，只好出動兩個箱子把牠關起來，免得牠又鑽洞逃走。」

「太好了！牠應該就是我命中注定的修行助使！」咕嚕咚難掩喜悦，不小心太大動作，結果又連連呼痛。

「牠還不是修行助使，不符合咕嚕咚老師的要求。」米勒好心提醒道。

「誰説不是修行助使就不能當我的修行助使？只要哈老太婆點頭，願意幫我訓練牠就可

以。」咕嚕咚似乎並不想放棄。

「應該説，牠不太可能成為修行助使。咕嚕咚老師，你還是找其他動物做你的修行助使吧！」沫沫婉轉地表示，她心底裏知道伶鼬有問題，但她不能説出沒有事實根據的**臆測**。

「多麼兇猛的生物都有可能成為修行助使，你們這些小魔侍就是不夠魄力和創造力。」咕嚕咚以一副老前輩的姿態，對他們**曉以大義**：「你們知道嗎？越是難以馴服的生物，就越可能成為最優秀的修行助使。説到桀驁不羈的修行助使，科校長的修行助使以前可是個令人頭痛的小傢伙啊，那時候科校長為了馴服牠，找遍世界各地聞名的魔物師……」

「好了好了，你別那麼囉嗦，小魔子魔女有自己的想法。」老龐對他們説，「你們還是快點離開，別**耽誤**我們休息吧！」

「不耽誤，我還沒説完——」

「你省點力氣，睡一下！」

「呼！不是我説你，你就是太**孤僻**才交不到朋友。」

「我不缺朋友，魔法温室裏頭的植物都是我的朋友。」

「哈，植物是你的朋友？你真是怪魔侍，就不能正常些，開朗積極些嗎？」

「我很正常，也很開朗積極，反而是你，太積極，太開朗……」

兩位老同學忙着**拌嘴**，沫沫和米勒識趣地走出醫務室。

第五章
午夜的吸血生物

　　沫沫回到魔女宿舍，做完所有作業時已屆午夜十二時，她看了看時鐘，突然想起以往那麼遲不睡覺肯定被羅賓碎碎唸。

　　沫沫瞄向羅賓位於牆邊的小牀，**喃喃說道**：「羅賓，你快點好起來吧！」

　　她打了個大大的哈欠準備上牀睡覺。這時，綠水石發出了滋滋的震動聲，沫沫知道一定是農叔，她把綠水石放到桌上，點開顯影和對話按鈕。

　　放射出**五彩光芒**的鵝蛋型石頭立即顯現一個魔侍的影像，那魔侍正是沫沫的養父嚴農。

　　「沫沫，羅賓好點了嗎？」農叔冷冷地問道，臉頰似乎抖了一抖。

　　沫沫點點頭，道：「牠傷勢康復得不錯，不

過科校長説羅賓必須**靜養**，可能需要多幾天才允許回來。」

　　農叔冷酷的臉上顯現擔憂的神色，叮囑道：「沒有羅賓在你身邊，你要更加小心謹慎。」

　　「我向來很謹慎，農叔你不需要擔心我。」

　　「我才不擔心你，我是怕你太熱心幫助人類，讓人類發現你的蹤影，到時那些護衛兵因為你擅自去人類世界而找到我這裏，可就麻煩了！」

　　嚴農向來不喜歡麒麟閣士，戲稱他們為「護衛兵」。

　　「你放心，我不會擅自行動。」沫沫心想，就算去人類世界，也絕對不會讓麒麟閣士發現。

　　「對了，下下個星期你有時間回來濕地家園嗎？」嚴農不太自然地問道。再過半個月就是他的生日，之前用綠水石通話時，嚴農就提醒過沫沫，讓她回來一趟。

　　「不知道呢，我還沒到活動處申請。」沫沫

說。

「再忙也要回來看一看，你種的那些三足蘿蔔都變得瘦瘦的，靈長菇也快要乾枯了。」

「我也希望能回去，不過最近功課實在太多，而且也接近第一次魔法力測試，我再安排一下。」沫沫心底其實在盤算着調查伶鼬的事。

嚴農繼續跟沫沫**閒話家常**，但由於時間太晚，沫沫趕緊跟他說再見，關掉通話按鍵。

沫沫鬆了口氣。別人眼中**冷若冰霜**的養父就是太緊張她，還老是言不由衷。沫沫以前在濕地家園幾乎不出門，農叔很少管制她，但自從沫沫到尼克斯魔法修行學校唸書，嚴農就時常用綠水石追蹤她，還讓羅賓跟他報告沫沫的行蹤。

「羅賓現在於休養間養病，農叔肯定每天都用綠水石跟我視像通話。」沫沫躺在牀上蓋好被子，思索着：「不過，要送什麼給農叔當生日禮物呢？在訓練所打工的銀幣並不多，我也沒時間去魔法用品商店買禮物……」

沫沫想着想着，**迷迷糊糊**就快入眠，突然，綠水石發出「唧唧、唧唧」的警示聲，沫沫馬上彈起來。

「這個時間……是誰需要幫助？」

她透過綠水石，看到裏面顯現一個在樹林中慌張**奔跑**的身影。

「好模糊，是誰呢？」沫沫已毫無睡意，立即靠前去查看綠水石內的身影。

綠水石的顯像隨着身影移動，來到一條彎道時，那影像轉過頭來，竟是子研！

沫沫完全不記得剛剛才答應農叔不擅自行動的事，她迅速抽出移行緞帶，下一秒，嘭地一響，沫沫已消失了蹤影。

「呼！呼！到底在哪裏？」

在樹林中奔跑的子研停下來喘口氣，她詢問

懷裏的修行助使布吉——一隻**毛絨絨**的黃蜂：
「布吉，你快看看那東西在什麼方向？」

布吉飛了出來，在空中繞着飛兩圈，停在子研前方，道：「1.2公里……西北偏北……327度……」

布吉是個能準確提供方位的修行助使，缺點是有點口吃，牠還未說完方向情報，沫沫突然出現在子研跟前。

「沫沫？你想嚇死我啊？」子研倒退兩步，**驚魂未定**地按着胸口。

「你才嚇到我了。為什麼大半夜不睡覺？你被什麼東西追蹤？」

「呵？我被東西追？」子研呵口氣，**訕笑**道：「是我在追東西，不是被東西追。」

「你在追蹤什麼？」沫沫問道。

「我也不知道。」子研攤攤手說，「剛才我遲了回宿舍，結果好夫人已經把門關了！唉，好夫人就是太準時，我只是慢了兩秒回去。」

子研呵口氣，繼續說：「我當然不可能在樹林過夜啊，而且，如果被發現沒回宿舍，會被禁足一個月，一個月啊！我可不要一直待在宿舍不出門。於是，就使用了隱身力和速度力，哦，我當然知道使用隱身力是犯規，不過這也是為了不被發現——」

子研**滔滔不絕**，似乎顯得很興奮。她向來對「犯規」的事過於熱衷，也喜歡挑戰其他魔侍不敢做的事，大概平常被父親管制得太嚴厲。

「你使用隱身力和速度力去哪裏？」沫沫問道。

子研抬一抬眼，得意地彎起嘴角，說：「我想到可以去廢棄的實驗室過一晚，那兒很隱秘，一定不會被察覺！」

「實驗室？」

「就是范古實驗室*啊！之前我們才去打掃

---

*想了解更多范古實驗室，請參閱《魔女沫沫的另類修行6：秘密尋親》。

54

過，應該可以安心睡一覺。我快快去到那裏，把桌子拼起來打算睡覺，誰知才閉上眼，就聽見窗外有古怪的**動靜**。我跑出去查看，結果看到一隻老鼠的屍體！」

「老鼠的屍體？你是說，有魔侍殺死了老鼠？」

「不是魔侍，是一隻會飛的小生物，不過，那隻小生物**不容小覷**，老鼠的屍體被吸乾了血！」

沫沫睜大了雙眼，問道：「會吸血的飛行生物？」

子研點點頭，說：「我有點怕，但又覺得必須查出到底是什麼生物這麼殘忍，於是我四處尋找，結果在湖邊的小屋前看到一個黑影飛過，所以就追了過去。」

「你不應該自己追蹤，那生物雖小，卻可以吸血，你這樣會讓自己**身陷險境**。」沫沫說。

「危險？」子研眼瞳突然發出一絲光芒，

「嘿！我等這種時刻等了好多年，我的志願是當上麒麟閣士，保衛魔侍和魔侍世界！」

子研仰高着頭，一副擔負着保衛魔侍世界使命的模樣。

「那你有看到牠嗎？牠長什麼樣子？」沫沫問道。

子研晃晃頭，歎口氣說：「就是看不清我才快點追上去，可惜還是讓牠逃掉了。」

沫沫遲疑了一下，說：「**會不會是古生物？**」

子研不自覺地顫抖了下，患有古生物恐懼症的她抽口涼氣，盡量裝作一點兒都不害怕的樣子說：「不會吧？那些怪物有那麼小？況且，牠們怎麼可能闖進尼克斯魔法修行學校？學校門口可有魔法藤蔓阻擋着呢！不是說魔法藤蔓連一隻小螞蟻都能**偵測**到，再小的生物都不可能進到學校嗎？」

「很難說，你忘了，羅賓不是差點被外面世

56

界的伶鼬吃掉嗎？」

子研**難以置信**地責備道：「怎麼可以發生這種事？我還以為那隻伶鼬本來就在學校裏面呢！不，我必須去跟科校長説這件事，不然我們在學校都不能安心讀書了！」

「我已經跟科校長報告過，她也覺得不可思議，因為魔法藤蔓不可能檢測不到伸縮包裹球上有外來生物。」

「那到底是怎麼回事？難道魔法藤蔓出錯了嗎？」

沫沫緊皺着眉頭，沉吟道：「除非有魔侍**裏應外合**⋯⋯」

子研的嘴巴張得老大，問：「你是説，學校內的魔侍使用了通行證讓伶鼬進來？」

沫沫點點頭，道：「除了這樣我想不到其他理由，魔法藤蔓從來沒有出錯。」

沫沫心底其實有想到另一個方式從外面世界進來，那就是透過她房間裏的秘密地下通道，但

若是如此，沫沫肯定會發現。而且，再也沒有其他特殊通道了，沫沫曾問過科校長，像沫沫房裏這樣的地下通道，尼克斯魔法修行學校只有一個。

「那我們該怎麼辦？」子研焦慮地說，她**左右探視**着，生怕剛才那隻吸血生物就是古生物。

沫沫想了想，說：「如果這隻吸血生物會危害到學校裏頭的魔侍，我們就必須儘快抓住牠，不讓下一個犧牲者出現。」

「那我們現在按照布吉的指示去尋找吧！布吉，牠現在在哪裏？」

布吉慢吞吞地回答：「斜上方……右邊……65度……」

布吉還未說完，沫沫和子研便往牠說的右邊65度角看去，正好有個黑影掠過！

子研脫口喊道：「就是牠！」

沫沫立即唸出咒語：「提希而，騰空！」

只見沫沫**騰空**飛躍起來，很快地追上黑影，越過牠後，沫沫迅速唸出咒語：「系諾絲，眠！」

　　沫沫使出的催眠力，可以催眠生物睡去，但那小生物竟然不受影響，繼續往前飛去。子研這時越過沫沫追向小生物，沫沫趕緊朝子研喊：「用袍子套住牠！」

　　子研奮力飛行，在靠近小生物時，迅速脫下黑袍拋了出去！

　　小生物被黑袍罩住後掉落地上，掙扎不已，不一會兒，牠停止了動作。

　　沫沫和子研走過去，一掀開袍子，小生物竟**撲棱撲棱**地衝向她們！

　　她們雙手揮舞着掃開那生物，然後眼睜睜看着牠朝湖邊飛去。

　　子研鬆了口氣，道：「原來是隻蝙蝠。我就說啊，不可能是什麼可怕的怪物，蝙蝠會吸血也沒什麼稀奇。」

她們施行飛行力趕了過去，追到湖邊時，沉寂的湖水中突然躍起個黑影，一口將蝙蝠吞掉！

　　前後不過一秒，那黑影已沉入水底，湖面又恢復了寧靜，好像什麼事都沒有發生過。

　　沫沫和子研吃驚地**面面相覷**。

　　「那是魚？湖裏原來有吃蝙蝠的大魚？」沫沫問道，由於天色太暗，她們根本看不清剛才跳出水面的是什麼生物。

　　「這世界**無奇不有**，是吧？」子研嚥一下口水，畏懼地說。

　　「等等，剛才你不是說老鼠被吸乾血嗎？普通蝙蝠應該不會吸乾獵物的血吧？」沫沫提醒道。

　　「哦，對啊⋯⋯我們回去范古實驗室查看吧！」

　　說着她倆施行飛行力往范古實驗室飛去。

　　「就在那裏，我在那片草地發現老鼠──」子研降落到草地查看，**赫然**瞪大了眼，驚奇地

說道：「老鼠屍體呢？怎麼不見了？」

沫沫和子研在附近搜尋一番，都沒發現老鼠的屍體。

「奇怪，明明就在這裏的啊！沫沫你說，到底是怎麼回事？難道被附近的動物吃掉？」子研困惑地說。

「這件事肯定有古怪，剛才我對蝙蝠施行催眠力竟然無效。」

「為什麼會無效？沫沫你的魔法力不可能那麼差勁。」

「不關魔法力的事。」沫沫捫捫嘴，神情謹慎地推敲，「那隻蝙蝠不受任何魔法力影響，或許⋯⋯因為牠是個**傀儡**。」

「傀儡？沫沫你在說什麼？呵！」子研倒抽口氣，「你是說有魔侍在操縱那隻蝙蝠？你說清楚一點！」

子研顯得很着急，沫沫擔心子研會**打草驚蛇**，於是說：「不，現在什麼都說不定，還有，

蝙蝠的事你也別跟其他魔侍提起。」

「為什麼？」

「你答應我就是。」

子研原本想吐槽沫沫太大驚小怪，但看到沫沫嚴肅的模樣，她**無可奈何**地點了點頭。

「很晚了，我們先回去宿舍吧！」

沫沫取出兩條移行緞帶，兩人同時往上拋去，瞬間回到沫沫的寢室。

第六章
神秘的湖畔小屋

這時候的湖邊，在粼粼光斑的水面上，慢慢浮現一個身影。

那身影游到岸邊，竟走上陸地，一步步邁向湖邊小屋。

屋內有個魔侍站在牆角，他打開地下室的蓋子。

湖中生物走過去，顫顫巍巍地跳進地下室，發出撲通悶響。

魔侍悄悄地關上地下室的蓋子時，突然愣了一下，他側耳傾聽，門外似乎有些動靜，那魔侍蓋好蓋子，瞬間隱去身影。

小屋的門被推開一條小縫，緊接着，一隻怪手喀喇喀喇地走了進來。

怪手停佇一會兒，沒發現異樣，又喀喇喀

喇地退了出去。不一會兒，怪手的主人躡手躡腳地進來查看。

他正是志沁。

志沁吩咐怪手幫忙看着子研，當他知道子研回不去宿舍，就偷溜出魔子宿舍，帶齊了好吃的食物和他古怪的新寵——怪手，想着去找無法回宿舍的子研一起戶外冒險。誰知遇到蝙蝠事件，再後來他最討厭的沫沫竟然出現了，志沁只好在一旁觀察。

蝙蝠被水中生物吞掉後，志沁還待在湖邊，他**親眼目睹**了湖中生物從湖裏走上來，在好奇心驅使下，他走進了小屋。

小屋內擺放着年代久遠的櫥櫃、裝飾品、桌椅和一些餐具，除此之外，志沁什麼也沒發現，看來是很普通的休閒小屋。

「奇怪，水底怪物來這裏做什麼？這裏什麼都沒有。」志沁對怪手説，聲音因為懼怕而顫抖，「不過，水底怪物怎麼不見了？怪手，去找

找！」

怪手朝四周搜尋，志沁則**一動不動**站在屋子中央，顯得有點驚慌。

「還是出去吧！大半夜了，我雖然魔法力學得不錯，但萬一那個水底怪物突然跑出來，我也無法擔保能對付它。」

怪手這時溜到志沁旁邊，似乎有事報告。志沁湊過頭去，怪手交叉手指示意不出聲，指指下方。

「地板下面？」志沁小聲問道。

怪手的食指動了一下，表示正確。

志沁四處張望，發現有一塊地板的縫隙較其他的大。

他顫顫巍巍走過去，慢慢地伸出手⋯⋯

「還是不了，我們回去吧！」

志沁**臨陣退縮**，把手伸了回去。

他急步走向透着一道斜斜月光的小屋門口，門卻在這時砰的一聲掩了起來。

志沁的心快跳了出來！他張大着嘴凝視牆角暗處，那兒顯現了一個模糊的身影⋯⋯

第七章

囉嗦的病患

利用移行緞帶回到宿舍的沫沫和子研頭一回一塊兒睡。

子研在沫沫旁邊打地鋪，精神顯得很振奮。

「你說剛才在湖裏的是魚嗎？」

「什麼魚會吃蝙蝠？」

「如果不是魚，難道是鱷魚？」

「不能確定。你想知道的話，可以問魔侍手冊。」沫沫累得兩眼快睜不開，懶懶地回道。

子研翻閱魔侍手冊，但裏面沒有顯示她想知道的資料。

子研放下魔侍手冊，埋怨着：「怎麼我想知道的東西都查不到啊？」

「魔侍手冊並非**萬能**，比如放出古生物的內奸就無法查出來。」沫沫說。

「真是，最重要的資訊都沒有，我還要魔侍手冊來做什麼？」

子研故意作勢要丟掉魔侍手冊。沫沫趕緊說：「小心啊！別弄壞手冊。」

「開玩笑啦，我怎麼可能丟掉這麼好的東西。」子研頑皮地**吐吐舌頭**，把魔侍手冊放進書包。

「有些魔法力高強的魔侍有辦法消除或修改資料，所以我們查不到，證明這件事有古怪。」

沫沫說着，翻過身子，「找不到答案的事先別想，睡吧！」

「老鼠屍體到底是被吃掉還是不見了呢？」

「為什麼會無端端不見？是不是有其他生物在附近？」

子研毫無睡意地說個不停，沫沫**有一搭沒一搭**地回應，最後她太累了，忍不住昏睡過去。

子研見沫沫睡着了，靜下來準備入睡，但她無法阻止自己的腦袋回想剛才的怪異事件，整晚**精神奕奕**的，完全睡不着。

第二天，上阿比老師的魔法史課時，子研頻頻打瞌睡，最後甚至直接趴在桌上睡去。

放學時，仕哲過去責問子研，子研卻因為第一次外宿太高興，不小心**透露**昨晚沒回自己房間的事。

「什麼？你昨晚沒有回宿舍？」仕哲問這話時，志沁和其他同學都望了過來。

沫沫盯着子研晃晃頭，示意她什麼都別說。

「沫沫，你是不是知道什麼？子研真的外宿了嗎？」坐在沫沫身旁的高敏察覺到不對勁，悄聲問道。

「不，她今早還跟我一起出門呢！」

沫沫説着，快快收拾書包，拉着子研走出課室。仕哲和米勒見狀，也趕緊收好東西追了出去。

高敏覺得**事有蹊蹺**，她走向志沁，問道：「你跟子研那麼熟，應該知道她有沒有外宿吧？」

「我怎麼可能會知道她的事？」志沁一臉困惑，似乎對子研昨晚外宿的事全然不知。

「你不是一直跟在子研背後的跟屁蟲嗎？怎麼會不知道？」高敏**調侃**道。

「你想知道應該去問每天纏着她的嚴沫沫才對。」説着志沁仰高頭，一副高傲的姿態走了出去。

高敏**匪夷所思**地張大着嘴，然後她滿不在乎地説：「沫沫纏着子研？哈，開什麼玩笑，我最欣賞的沫沫才不可能這麼做。」

高敏背起了鼓鼓的大書包，這時，從她書包側面開口，鑽出一個扁扁的橘色嘴巴。高敏趕緊把那扁嘴巴塞回去，説：「今天帶你來上課一定很悶吧？走，我們去外面蹓躂蹓躂！」

説着高敏**匆匆忙忙**走出課室。

這邊廂，沫沫一行四人正往醫務室走去。

仕哲走到子研身邊，**輕蹙眉頭**説：「姑丈知道你沒有回宿舍睡覺，一定很擔心。」

「你可千萬別跟我爸爸説。他就是什麼都要管我，我也不是故意不回宿舍，仕哲，你不要像我爸爸一樣什麼都管。」子研不耐煩地説。

「如果不是姑丈交代，要我看着你好好學

習，我才懶得理你，我每天處理班上的事都處理不完了。」仕哲沉下臉，不悅地別過頭去。身為班長的他非常**盡責**，幾乎每天都忙到最後一刻才趕回宿舍呢。

「好了，你們都別吵，不是說好去探望羅賓嗎？大家別擺着一副臭臉。」米勒在一旁勸架道。

「我從來不跟人家吵。」仕哲說着，迅速踏步向前。

「我也沒有要跟仕哲吵，只要他不跟我爸爸說我的事就好。」子研也大步往前走。

米勒和沫沫無奈地對看一眼。

他們走進醫務室，迎面就有兩名魔子走了過來。他們是水二班的同學馬蒂克及芬克。

他倆手上紮着繃帶，主動地打招呼道：「你們是來看那隻很囉嗦的羅賓嗎？」

「你們是怎麼知道的？」子研感到很疑惑。

「怎麼不知道？我和芬克只不過被實驗藥水

灼傷了一點，就被牠囉嗦半天。」

「是啊！是啊！羅賓好囉嗦！」芬克附和道。

「你們叫牠不要隨便離開病牀。」馬蒂克又說。

「對啊！不要隨便離開病牀。」芬克重複道。

「還有，不要一直對我們說教。」

「不要一直對我們說教。」

說着兩位**形影不離**的好朋友同步結伴走了出去。

米勒驚喜地回過頭說：「沫沫，羅賓已經可以下牀了！」

誰知沫沫並不在那兒，剛才兩位同學一唱一和時，沫沫已一溜煙衝向5號休養間了。

沫沫進到5號休養間，看到羅賓正揮動着翅膀，對醫務室的護理員**指指點點**，說：「換洗牀單是有方法的，記得不要動作太大，也不要發

出太大的聲響，這裏可是醫護室，病患需要清靜休養。」

那魔侍照着羅賓的話輕輕更換牀單，但力度掌控得不好，不小心摚倒了牀頭的杯子，幸好他及時接住才沒有摔破。

「對不起，我不是合格的護理員。」護理員趕忙道歉。

「沒什麼，有誰能一開始就做得很好？沒有完美的魔侍，也沒有從不犯錯的魔侍，大家都是**從錯誤中學習——**」

這時羅賓發現沫沫來了，高興地叫道：「沫沫！」

「羅賓，你沒事吧？」沫沫開心地走到病牀前，查看牠的傷勢，「傷口還痛嗎？」

「呵，我沒事。魔法療癒緞帶真的很有用，你看，傷口都癒合得差不多了。」羅賓脫下繃帶，歪頭讓沫沫查看頸部的傷勢。

米勒、仕哲和子研這時都擁了進來，高興地

77

圍在病牀邊，**七嘴八舌**地問東問西。

「傷口都沒事了嗎？」

「在這裏一定很悶吧？」

「醫院的食物合你胃口嗎？」

聽到食物，羅賓看一眼護理員，説：「不是説要幫我拿吃的過來嗎？」

「哦，我馬上去。」

護理員向他們點一下頭，**神色慌張**地提着要換洗的牀單出去了。

「護理員那麼怕你，你是不是教訓人家？」沫沫瞄向羅賓。

「我沒有教訓提奧，提奧是實習護理員，許多事都傻乎乎，不懂得變通，我只是指點他一下。」

沫沫笑了笑，道：「會説教表示你已經好很多了。」

「羅賓，對不起啊！要不是我，你也不會傷得這麼重。」米勒內疚地説。

「這根本不能怪你，米勒，是我自己運氣不好，誰能想到學校居然會闖進外來生物呢？」

「你都知道了？」仕哲問道。

「嗯，提奧剛才都說給我聽了。我是被一隻伶鼬咬傷，現在伶鼬被哈里斯太太收養，準備訓練成為修行助使。」

米勒感到很意外，說：「提奧怎麼會知道？我們並沒有告訴他啊！」

羅賓白了米勒一眼，說：「你們不是有魔侍手冊嗎？我讓提奧幫我查的。」

「哦，原來如此。」米勒抓了抓頭，**由衷**感到欣慰，「看到你那麼活潑，真是太好了。」

仕哲打趣道：「羅賓，幸好你康復得快，要不然我們可要每天看着米勒的苦瓜臉呢！」

「我，我不是苦瓜臉。你不知道，我最討厭吃苦瓜了！」米勒說。

「哈哈，那個苦瓜跟苦瓜臉一點關係都沒有啦！」羅賓笑了起來，不小心扯到頸部的傷口，

哎呀呼痛。米勒立刻緊張地上前查看，羅賓望着米勒，說：「米勒你還真是一副苦瓜臉哦！」

　　大夥兒不禁**哈哈大笑**起來。

80

第八章

眼瞳中的魅影

　　尼克斯魔法修行學校有幾個休閒步道區，當魔子魔女們學習得累了，可以到這裏散步，活動筋骨，放鬆一下繃緊的心情，感受大自然的清新空氣和景觀。

　　高敏應用速度力找了好幾個休閒步道，每個都擠滿了各年級的魔侍。魔侍們三三兩兩地在步道內閒逛玩樂，還有些躺在草坪上午睡或**閉目養神**，也有少數魔侍在樹蔭下或偌大的草坪上練習魔法力，但必須確保不會影響到其他魔侍休息。

　　高敏拿出魔侍手冊，看到下一個休閒步道離她所在的地方居然有兩公里之遙，她對着背包呵口氣說：「看來只能去這兒了。高弟，你再忍耐一下啊！」

高敏立即施行速度力，衝向魔侍手冊顯示的地方。

魔法力不夠高強的魔侍，施行魔法力一段時間就會疲累，需要適當休息才能繼續行使魔法力。由於距離相當遠，高敏**停歇**了兩次才抵達那兒。

高敏發現這個休閒步道區果然沒有幾個魔侍。她左右觀察了下，興沖沖地走向步道區內的一片小草坪，將她的修行助使「高弟」——一隻可愛的鴨子，從鼓鼓的書包中解放出來。

「高弟，你一定悶壞了！來，我在『魔法味蕾』食堂買了你最愛吃的怪味菇飯糰和腥味糖，快吃吧！」

高弟哇地叫了一聲，搖擺着洋蔥形狀的身軀，一屁股坐在舒適的草坪上，大快朵頤一番。

牠非常快速地吃完怪味飯糰，打了一個大大的**響嗝**，再將腥味糖含在口中，雙頰紅了起來，說：「阿敏，你們的課好無趣，以後我都不

跟你去上學了，我寧願待在一眾修行助使歇息的『修道館』看看書，和其他修行助使交換各種幫助魔侍修煉的情報呢！」

「不會啊，我們今年的課都蠻有趣的，比如魔法力理論課的咕嚕咚老師會教我們很多新奇的魔法力，人類學的凌老師會說很多人類世界的趣事。」

「可是剛才我真的在背包裏面睡了好幾次，雖然有盡量**打起精神**，但還是沒辦法認真地聽課。」

「噢，我知道了，是因為今天剛好連續上兩堂阿比老師的魔法史課，你才會覺得無趣。阿比老師前陣子得了**痢疾**，一直在宿舍休養，因此最近必須補上他的魔法史課，再過不久就要年中測試了呢！」

「這堂課好悶哦！我有偷偷從書包內觀察，除了你和那位你最仰慕的魔女沫沫在認真聽講外，幾乎每個同學都在打瞌睡，不然就在發呆或

自己看書。」

「阿比老師是比較古板，講課聲音小得像在**呢喃**，音調很平，他常常說很多以前的事，所以大家都叫他『古董時鐘』。」

「古董時鐘？哈哈，真的很適合他，穿着的外套也像古董，**鬆鬆垮垮**的西裝大外套。」

「對啊！不過我不討厭上他的課，老實說，我相當喜歡魔法史課的內容，而且今年有沫沫在，我有什麼不清楚的還可以問沫沫。」

高弟晃了晃頭，道：「你還真是嚴沫沫的頭號粉絲。」

「我承認我是她的粉絲。雖然以費族來說，她個子真的很小，不過我還是頭一遭對同學感到佩服。她的魔法知識非常豐富，魔法力使用得超級好，簡直是模範魔侍，她還一點兒都不高傲……」

細數着沫沫優點的高敏陡然靜下來，她被樹林步道中某個身影吸引了。高敏拉長着頸望過

去，高弟也伸長了頸部，仰高鴨嘴，姿態滑稽地朝高敏的視線看去。

那兒有位魔子**半蹲**着跟一個小東西對話。

「那是什麼？」高敏疑惑地擦了擦眼睛，「為什麼看起來那麼像爪子？」

「你沒看錯，的確是一隻爪子。」高弟點點頭說。

「哪一位魔侍居然帶這種**古古怪怪**的東西進來學校？」

高敏準備起來查看時，那魔子竟然轉身走掉。

「哎呀，先讓我看看是哪一位魔侍嘛！」

高敏說着，趕緊悄悄地跟上去。高弟不敢發聲，在高敏後方搖搖擺擺地追了過去。

他們一路追蹤到湖畔，高敏看着那一大片**波光粼粼**的湖水，不禁感歎：「想不到尼克斯魔法修行學校內居然有這麼大的湖。」

那魔子停下來了。高敏閃去一棵樹後，探頭

觀察。

看到那魔子就是志沁後，高敏驚訝得倒抽口氣，隨即又皺起了眉頭，道：「我就知道這傢伙不對勁。他怎麼可能不跟在子研後面？看來是有了新的玩意。」

她繼續觀察，說：「他來這裏做什麼？」

「肯定有**不可告人**的事。」高弟說。

他們看着志沁走進湖畔小屋，不一會兒，又從小屋走出來。

志沁和怪手離開後，高敏好奇地走向小屋。

小屋外掛着個木牌子，上面寫着：私有地。

「這裏是誰的私有地呢？是學校老師的房子嗎？」

高敏越發好奇了，正要推開門，高弟卻用嘴巴拚命拉住她的外套。

「嘿，高弟，放開我！」

高弟拉她到一旁，道：「**別進去，裏面有危險。**」

「有危險？」高敏驚訝地停下來。她的修行助使高弟擁有預測危險的第六感，雖然高弟無法明確告知會遇到什麼危險，但能避免高敏陷於險境。

「如果有危險，為什麼志沁能毫髮無傷地出來？」

高敏感到**不明所以**，但又無法進去小屋一探究竟，畢竟高弟的第六感從來都很準確。

「我們還是回去吧！如果擔心志沁或小屋內有什麼危險，可以去找高八度音。」高弟提議。

「找高八度音做什麼？」

「我記得高八度音在魔侍開學禮時有說過，任何事都可以找她**商量**或處理。」

「也對！那我們現在就去找高八度音吧！」

說着高敏抱起高弟，匆匆行使速度力離去。

湖畔小屋的門呀的一聲打開來，從裏面蹣跚地走出一隻灰貓。灰貓年歲頗大，毛髮蓬鬆而粗

糙，眼瞳有些白化。

牠**佇立**在門口望着高敏和高弟遠去的背影，嘴角慢慢向上彎曲，那副模樣看起來特別詭異。突然，灰貓的眼瞳閃現一道藍色魅影。

藍色魅影漸漸趨近**瞳孔**，近到瞳孔中顯現一隻大眼睛！那情景非常怪異，就像瞳孔內長了一隻眼睛！

灰貓這時動了動嘴巴，用沙啞的聲音說道：「看來你還是不夠小心，讓她發現這裏的事可就糟糕了。」

灰貓又轉成另一道聲線，回道：「你放心，我會讓我的修行助使——凱爾去幫忙解決這個麻煩。」

灰貓又變回沙啞的聲線，說：「記住，我們的使命非常重大，出了點差錯就會被那些偽君子破壞我們的計劃。」

另一把聲音回道：「我不會忘記我們的約定。」

藍色魅影漸漸變小，小到整個魅影完全不見了，灰貓的眼瞳恢復了原本的尖細模樣。

「現在，你去看看剛才那隻鴨子和魔女跟活動組的施密特・凱特琳說了什麼。」

灰貓嘴裏說着話時，像在**吩咐**自己做事一樣，緊接着，灰貓居然說出速度力咒語：「德起稀達，速！」

灰貓的四條腿迅速移動，往樹林奔去，很快消失於樹影間。

第九章

及時雨

今天沫沫在煉藥時顯得**心不在焉**，羅賓今天允許出院，她必須趕在醫務室關門前去接羅賓。

想着儘快提煉好搬運緞帶的她，手忙腳亂地從魔藥櫃取出需要繼續添加的材料，結果不小心將珍貴的千年黑石岩粉末打翻了！

千年黑石岩粉末碰到地上會變成灰色，失去原本的**特殊效力**。

沫沫看着那珍貴的銀黑色粉末漸漸變灰，無奈地説：「怎麼辦？沒有了千年黑石岩粉末，就無法提煉搬運緞帶了啊！」

沫沫看看時間，自語道：「算了，先提煉移行緞帶吧！」

她俐落地打開魔藥櫃的抽屜，取出提煉移行

緞帶所需要的全部材料，放到煉藥台。誰知她拉得太快，居然整個抽屜掉落下來，沫沫急忙伸出腳頂住，抽屜沒跌壞，但裏頭的材料可都散落到地上了！

沫沫趕快拾起珍貴的材料，但許多都混雜在一塊兒，很難區分開來。況且有些材料還是必須存放在魔藥櫃內才行，因為魔藥櫃能因應材料本身的特性，而調整溫度和濕度。

「看來，這些材料都不能用了……」

沫沫無可奈何地將無法使用的材料掃成一堆，清理乾淨。

「得讓科校長的秘書維拉幫我訂購提煉魔法緞帶的材料，不過這些材料可不容易收集到呢，等到這些材料寄來，至少要幾個星期，看來有好一陣子都沒法提煉魔法緞帶了……」

她突然驚覺到，無法提煉移行緞帶和搬運緞帶，那就是説，她沒有辦法跟羅賓一塊兒回去濕地家園幫養父嚴農慶祝生日啊！

「怎麼辦？如果使用魔法力，來回一趟會花費太多時間，根本不能回去了。」

沫沫腦海立即映出嚴農**嘀咕不停**的表情，呵口氣道：「不，我已經答應農叔，得想辦法回去才是。」

沫沫**思前想後**，依舊想不到回去的辦法。

「算了，現在想這些也沒用，先去接羅賓吧！」

羅賓回到宿舍房間，躺在牠自己的小窩時，感歎道：「還是自己的牀最好睡啊！」

沫沫笑了笑，問道：「看來遲一點才回濕地家園，對你來說應該不成問題。」

羅賓聽了馬上彈起來，道：「你不是不回去吧？我可不想每天被你農叔煩啊！」

沫沫擺擺手說：「我也不想的，誰讓我把魔

藥櫃的珍貴材料都打翻了呢？」

「什麼？你居然會那麼不小心？」羅賓趕緊去摸摸沫沫的額頭，「沒事啊！沫沫你向來做事很可靠，怎麼會這樣呢？」

「沒有完美的魔侍，每個魔侍都有可能犯錯，這不是你說的嗎？」沫沫想起羅賓對提奧說的話，說道。

「我不是責怪你，只是，我們都已經答應了農叔——」

正說着，門口傳來了敲門聲，接着，好夫人的修行助使阿准在門口喊道：「嚴沫沫，有你的包裹！」

沫沫和羅賓好奇地走了出去。

只見門口放着一個小包裹，上面寫着寄件人：嚴農。

「是農叔寄來的！」

羅賓驚喜地叫了起來，沫沫趕緊將包裹拿進來，拆開來看。

裏頭竟然裝着滿滿的移行緞帶和搬運緞帶！

羅賓馬上感動得**眼淚泛眶**，哽咽着説：「那麼多的魔法緞帶，農叔肯定許多日不吃不喝提煉給沫沫你啊！他應該是怕你在學校一邊唸書一邊提煉魔法緞帶太累了。」

誰知沫沫非但沒有感動，還露出犀利無比的目光，她立即拿出綠水石，點擊對話按鈕。

「完了，這回沫沫真的生氣了……」羅賓不禁抖了一下，沫沫的脾性牠早已摸透。

綠水石顯現嚴農一臉興奮，但又馬上**一本正經**的表情，説：「收到東西了吧？記得不要隨便亂用，那可是我費了好多時間和材料提煉——」

嚴農未説完，沫沫已忍不住**苛責**道：「我不是跟你提過不要插手我修行的事嗎？還有，你為了提煉這些緞帶是不是吃不定時？你不是不知道自己有胃疾，吃不定時會導致胃疾發作，千隱呢？千隱在哪裏？」

綠水石中有棵香龍血樹在裏頭顫顫巍巍地搖擺着。

沫沫冷冷地盯着綠水石內的香龍血樹，繼續說：「你不是答應我要看着農叔嗎？他是不是又沒有好好睡覺？有沒有半夜爬起來煉藥？」

千隱是農叔的修行助使，牠用那葉片在空中比畫着，沫沫看出嚴農果然沒有睡好，皺着眉瞪農叔。

農叔以一副像做錯事的孩子般的神情低垂着頭，不敢正視沫沫。

終於，等到沫沫關掉了綠水石的通訊按鈕，嚴農才抬起頭來，長長地吁了口氣，語氣無奈但又不失文雅地對千隱說：「不好意思，連累你被沫沫怪責。」

千隱晃晃頭，表示不在意，並釋放出放鬆精神的氣味，陣陣舒爽怡人的清涼氣息吹送向嚴農。嚴農頓時平靜下來，他向來天不怕地不怕，就只怕沫沫生氣呢！

這邊廂，沫沫似乎也因為許久沒有這麼着急，大大地喘口氣。她從不苛責他人，除了嚴農。

「你們兩父女就不能好好說話嗎？唉！沫沫你也不應該，要不是農叔寄來魔法緞帶，你這次真的不知道怎麼回去濕地家園，不是嗎？」羅賓這位旁觀者提點道。

沫沫這才想起自己的確需要農叔的魔法緞帶，她長吁口氣道：「是啊，我才是應該被農叔唸的那位。」

「你們每次都這樣**口不對心**。唉！為什麼就不能好好說話呢？」羅賓感歎着，走回去牀上睡覺。

「我知道你擔心農叔沒有好好照顧身體。」羅賓嘀咕着，「不過，你自己還不是一樣，整天只知道煉藥，忘了吃飯。」

沫沫沒有聽見羅賓的嘀咕，她在想着回去時必須帶份禮物給農叔，沉吟道：「到底要送什麼

給農叔好呢？」

　　突然她兩眼一亮，自語道：「對啊，送那個給農叔吧！」

　　說着沫沫急匆匆開門出去。

　　羅賓一臉迷惑，心想：沫沫到底要送什麼給農叔？

第十章
前往濕地家園！

兩個星期很快就過去了。

這天，是沫沫回去濕地家園的日子。她身邊聚集了好幾位同學，除了「鼹鼠」小組*的仕哲、子研和米勒外，還有幾位魔侍也準備跟着沫沫回家，其中有高敏和令人意想不到的志沁，另外就是活動處的施密特‧凱特琳小姐。

原本只是單純沫沫回家幫農叔慶祝生日，現在變成了一群人浩浩蕩蕩到濕地家園參觀的假日活動了！

「沫沫，你確定農叔可以嗎？」羅賓擔憂地問道。

沫沫知道羅賓指的是什麼，抿抿嘴道：「不

---

*想了解更多「鼹鼠」小組，請參閱《魔女沫沫的另類修行5：追蹤魔侍任務》。鼹：粵音「演」。

可以也沒辦法，我已經答應高八度音了。」

幾天前，沫沫和大夥兒到尼克斯魔法修行學校的活動處申請外宿時，高八度音一臉羨慕地說：「青春就是在一次次的團體活動中體驗和展現啊！怎麼樣？嚴沫沫，我去的話，肯定讓你們的假日**歡樂加倍**，你不會不歡迎我去吧？」

在高八度音的逼視下，沫沫實在不好意思拒絕老師的請求，於是說：「歡迎凱特琳小姐**蒞臨寒舍**。」

「真的可以嗎？真的可以嗎？你確定可以嗎？」高八度音的聲音飆得更高，大夥兒都皺起了眉頭，沫沫趕忙點頭答應。

如今沫沫有點後悔當時沒有拒絕高八度音的請求，因為喜歡清靜的農叔要是聽到這麼尖銳的聲音，或許會把其他魔侍都一塊兒趕出去呢！

沫沫身邊的子研，很興奮地跟一旁的志沁和

高敏說着之前和嚴農見面的景況*：「想不到吧？那麼**冷酷嚴肅**的嚴農，居然說會教我怎麼提煉魔法緞帶！」

仕哲清清喉嚨，提醒道：「嚴農並沒有答應你，只是說等你有資格學習高階魔法力的時候，才考慮教你，你忘了嗎？」

子研**啞口無言**，白了仕哲一眼。

仕哲不在意地別過頭，他那天和子研一塊兒去濕地家園時，嚴農確實只說過會考慮教導子研，他可不想幫着子研說大話。

志沁看到子研氣惱的樣子，趕緊**幫腔**道：「嚴農當然肯教子研啦，子研你學習魔法力向來很有天分，能教你是他的榮幸呢！」

子研被志沁誇讚得不好意思起來，說：「沒有那麼厲害啦！」

「你可是去年魔法力測試第一名，怎麼不厲

---

*子研和仕哲曾誤闖濕地家園，並和嚴農見面。想了解更多，請參閱《魔女沫沫的另類修行1：魔女不可怕》。

害？」志沁**有意無意**地瞄一下沫沫，「不像有些魔侍，沒有經過測試就進來學校。」

沫沫皺了皺眉頭，不想理會他的諷刺。

高敏忍不住插嘴：「志沁你不是一直說沫沫是走後門進學校的嗎？怎麼會想去濕地家園？難道你是想當面質問沫沫的父親給了學校什麼好處嗎？」

志沁的臉陡然紅了起來，吞吐地回說：「我，我，我沒有說要問沫沫的父親。」

「那你為什麼想去？」高敏追問道，雙目犀利地盯着志沁。自從她發現志沁**偷偷摸摸**到危險的湖邊小屋後，就認為志沁不懷好意，似乎在進行着什麼詭計。

志沁顯得有點慌張，撒撒手道：「那你呢？你又為什麼想去？」

高敏想不到志沁會反問她，一時語塞。她可不能說自己想要跟去追查他在盤算什麼詭計啊！

「好啦！其實大家對沫沫都很好奇。有個號

稱『魔法藥聖』的父親，又住在偏遠的濕地家園，從來不接觸城鎮，幾乎沒有去過魔法用品商店、魔法遊樂場、魔法事務所、魔法藥行等等，簡直**不可思議**啊！」子研馬上打圓場，然後露出調皮的神情道，「說到魔法藥聖，你們第一次看到他可能會被嚇到，因為他的臉老是拉得很長很長，一臉嚴肅的樣子。」

說着她誇張地比畫着嚴農的臉部長度，沫沫和羅賓不禁感到好笑。

米勒好奇地問沫沫：「你父親真的那麼嚴肅嗎？」

「我也不知道嚴不嚴肅，不過如果跟惡神比的話，農叔應該算是**和顏悅色**了，對吧，羅賓？」

羅賓頻頻點頭稱是。

「對啦！誰都沒有比惡神可怕，而且他好像特別針對我跟沫沫，有一次他還罰我們抄寫魔侍守則⋯⋯」說起「惡神」萬聖力老師，子研滔滔

不絕地數算着惡神對她的懲罰，大夥兒似乎都**感同身受**，大概沒有幾位魔侍是沒有被惡神處罰過的啊！

羅賓低頭看了看時間，問道：「高八度音老師怎麼還沒來？都過了約定時間了。」

沫沫也感到疑惑，高八度音一般不會遲到，還喜歡提早到呢，怎麼今天遲遲不來？

「誰可以去教師宿舍催催老師？」仕哲問。

才說着，就看到某個生物飛向他們。

「是高八度音的修行助使！我把同學的學習調查問卷交去活動處時，看過牠幫忙整理問卷。」仕哲說道。

「是穴鵶*，好可愛啊！」高敏盯着飛過來的穴鵶，露出癡迷的模樣，她對可愛的生物最沒辦法了。

穴鵶丟下一張紙張就匆匆飛走了，似乎有什

---

*鵶：粵音「罌」。穴鵶是一種居住在洞穴的貓頭鷹。

麼緊急事務。

「我有事不能去，你們盡情揮灑青春吧！」沫沫唸道，看了看大夥兒，說：「那我們現在就出發吧！」

「奇怪，高八度音明明說要一起去**查探**的啊？」高敏暗想道。她曾去活動處向高八度音報告湖邊小屋的事，因此高八度音才會向沫沫提出去濕地家園的請求。

雖然困惑，但大夥兒已**迫不及待**欲前往濕地家園，高敏趕緊走進圈內準備就緒。

「大家站好了，別離開這個圈的範圍。」

沫沫囑咐大家後，往空中拋出搬運緞帶，嘭地一響，大夥兒瞬即消失無蹤！

仕哲只感到晃了一下，接着，眼前景色竟變成一大片綠油油的菜園！

高敏和高弟在那兒哇哇大叫，似乎對瞬間轉移的經歷感到很新鮮。

志沁則**目瞪口呆**地愣在那兒，他不想承認

自己喜歡瞬間轉移，於是轉而露出嗤之以鼻的樣子，仰高頭環顧四周，撇撇嘴道：「不就是用了搬運緞帶嗎？只要跟嚴農訂購幾條搬運緞帶，我也一樣可以瞬間轉移。」

正說着，一個東西撞了過來，志沁晃着身體，一個站不穩，往前重重摔去！

志沁抬起那沾滿泥土的臉頰，氣呼呼地瞪着撞倒他的傢伙——三足蘿蔔！

「這是什麼鬼東西？是誰放任這種沒家教的東西出來？」志沁又驚又怒地大叫。

仕哲趕緊過來扶起志沁，但調皮的三足蘿蔔伸出其中一隻「腳」想要絆倒仕哲，仕哲在機靈躲開的瞬間，使出定身力：「斯達地落，定！」

三足蘿蔔伸出的蘿蔔腿懸空着，模樣非常滑稽。由於土質稀鬆，三足蘿蔔站立的腿漸漸陷進泥土中，然後歪歪斜斜地往後跌去。整條蘿蔔躺在泥中，白白胖胖的軀體都弄髒了，委屈地發

出咿咿聲。

「好啦！別擔心。」沬沬說着，過去把三足蘿蔔從土中拉出來，說道：「誰讓你那麼調皮？再這樣搗蛋，我就把你的蘿蔔腿切短。」

三足蘿蔔一聽，發出「嚶、嚶」的聲音，趕緊逃離開去。

「沬沬，這條蘿蔔怎麼長出三隻腳？」仕哲似乎對三足蘿蔔產生極大的興趣。

「這是我跟農叔學習調製魔法植物種子時，不小心調配出來的實驗品，叫三足蘿蔔。」沬沬看向眼前的大片菜地，指着其中一塊說：「看，那邊種了一小片的三足蘿蔔。」

「不是吧？它們那麼可愛，你捨得吃掉它們？」米勒起了**惻隱之心**，整張臉都皺起來了。

「放心。三足蘿蔔其中一隻『腳』會自己脫落，我們只會收集和煮食脫落下來的蘿蔔。」

「嘿，那不是變成二足蘿蔔了？」子研打趣

地説。

「不，脫落的地方又會慢慢長出腳來。跟三足蘿蔔一樣會生長的植物還有紅髮菜，菜葉如髮絲一樣**蓬勃生長**，剪下來吃掉後，菜葉又會重新長出來。」

「哇，好神奇！」高弟忍不住從高敏的背包內鑽出頭來，羨慕地説：「要是我喜歡的腥味糖也能一直生長，那多棒啊！」

「呵呵，不是每個種子都能長出魔法植物。不過，濕地家園會自己生長的植物還真不少，我們幾乎不需要擔心食物短缺的問題。」

這時志沁終於拍打乾淨身上沾着的泥沙，不屑地説道：「哼！只有腦袋裝了一堆廢物的魔侍才會調製出這種**野蠻**的東西。」

沫沫看志沁一眼，抬了抬眉説：「等會兒你還要吃這野蠻的東西呢！」

「我才不吃這麼古怪的東西。」志沁嫌棄地説。

「那可是你說的啊！萬一你偷吃就必須接受懲罰。」高敏特意走到志沁身邊提醒他道。

「我為什麼會接受懲罰？我說不吃就不吃！」

志沁氣呼呼地大步走前，結果走得太急，沒注意到地上凸起的藤枝，再次狠狠地摔了一跤。大夥兒都強忍住笑，唯獨高敏**按捺不住**哈哈大笑起來。

志沁氣得滿臉通紅，說：「哼！早知道就不來這破爛的地方！」

高敏對沫沫說：「沫沫你別在意，我好喜歡這裏呢！我已經迫不及待想讓你帶我們到處參觀了！」

「是啊！沫沫，我也很好奇你住的房子是什麼樣的。」米勒說。

「我們會在這裏過一晚，遲些帶你們慢慢參觀，現在先帶你們去見我農叔吧！」

「是啊！你農叔一定急死了，我們比約定

時間遲了半小時才**抵達**呢！」羅賓拍拍翅膀說道。

於是，他們一夥兒向濕地家園的「家」前進。

第十一章
憤怒的巨大生物

嚴農在沫沫的煉藥小屋外頭等候，**來回踱步**了許久，沫沫他們才出現在他的視線裏。他大呼口氣，露出欣喜的面容，但下一秒又變回嚴肅而木無表情的臉孔，對着一行小魔侍說：「你們遲了。」

「對不起，農叔，我們因為等一位老師所以遲了……」

羅賓還想解釋，嚴農立即打斷牠，道：「餓了吧？去屋裏用餐。」

說着嚴農**逕自**往一棟兩層樓房走去，大夥兒有些錯愕。

沫沫說：「農叔說話向來很簡短，他是怕我們餓扁了。走吧！」

大夥兒於是趕緊跟上。

114

沿路他們好奇觀望沫沫的「家」，但沫沫家裏並沒有什麼裝潢和家具擺設，所有用品都是最簡單的生活所需品，沒有多餘的東西。

來到飯廳，桌上已擺滿熱乎乎的**菜餚**。

高弟鑽出頭來說：「好香啊！聞到都餓了！」

嚴農望向高弟，高弟馬上縮回背包裏去。

「既然餓了，就快吃吧！」嚴農說。

大夥兒有點侷促地坐下來，仕哲看着眼前樸實不華，卻飄着濃濃香氣的菜餚，問道：「不知道這些是什麼料理呢？」

沫沫見嚴農似乎不想開口，於是解釋道：「這道湯是白蘿蔔泥魚骨湯，這是菌菇醃菜、青芋黃木耳炒肉絲，炸雲朵菇絲和紅薯果汁。」

「這些都是農叔的**拿手好菜**，以前我們幾乎每個星期都會吃這幾道料理。」羅賓幫着解釋道。

隨着沫沫拿起筷子開吃，大夥兒也陸續吃了

起來。

米勒試了每樣菜餚，驚呼道：「魔法味蕾的食物都沒有這裏的好吃呢！」

「嘿！魔法味蕾的食物有什麼好吃的？米勒你也太沒有品味。」志沁取笑米勒道。

「你不知道，我家成員很多，母親給我們兄弟姊妹準備的料理都力求簡單耐飽，魔法味蕾的食物對我來說已經非常美味，想不到沫沫你農叔煮的料理更美味！」

「喜歡吃就好。」嚴農謙遜地說。

「農叔你應該去開餐廳，讓更多魔侍享用這麼美味的料理。」米勒說。

嚴農**若無其事**地說：「做料理跟煉藥相差不遠，都是掌控好分量和材料就能做好的事。」

子研眼神閃了閃，問道：「不知道提煉魔法緞帶是不是也一樣容易掌控呢？」

「當然，只要**專心一致**就不難。」

子研趁機提示嚴農：「不知道我能很快就學

會嗎？」

嚴農停下口，瞄一眼子研，說：「時候到了自然能學得快。很多事都有它的時間，不需要急着學。」

子研聽懂嚴農的意思，趕忙說：「嗯，希望我學習提煉魔法緞帶的時間快點來到呢！」

嚴農不再說話，靜靜地用餐。

大概剛才走得急，志沁這會兒餓極了，吃得**狼吞虎嚥**，很快就吃完。

接着，他舀了一口湯來喝，高敏馬上喊道：「噢！你必須接受懲罰！你喝了用三足蘿蔔煮的湯！」

志沁整張臉紅了起來，辯解着：「我可沒有說接受懲罰。」

「可是你說你一定不吃這種野蠻的東西。」

「我說我不吃，但沒有說不喝啊！」

高敏氣呼呼道：「狡辯！你明明說不吃的！」

「可是我沒有說不喝！」

「你狡辯！」

「我沒有！」

嚴農皺了皺眉，瞪他們一眼，兩人都立時噤聲，沫沫等人看了都*忍俊不禁*。

吃過飯後，沫沫帶着他們參觀濕地家園周邊的地勢和景觀。

「**顧名思義**，濕地家園整片土地都屬於濕地範圍，原本這種土地不適合居住和種植，但農叔在濕地鋪上一層稀有的蘚類。這厚厚的苔蘚不但對生態無害，還增加了土地的硬度與韌性，有利於微生物生長，所以在這裏栽種的植物都能長得很好。你們可以感受一下苔蘚土地的質感。」沫沫說着，踩了踩濕地家園的地下。

大夥兒跟着踩踏起來。

米勒在蓬蓬軟軟的土地上跳，覺得好舒服，**情不自禁**地躺了下來。

「哇，好舒服啊！子研、仕哲，你們快躺下來試試！我從來沒睡過這麼舒服的牀呢！」

「這不是牀，是苔蘚。」沫沫提醒道。

「沫沫，我們可以睡在這裏嗎？」

「沒問題，如果你不怕微生物爬上你身體的話。」沫沫説。

米勒驚得馬上跳起來，説：「我可不要成為微生物的寄主。」

大夥兒笑着繼續到處觀賞，**徜徉**於翠綠的山水景觀中。

「這裏風景怡人，空氣也非常清新，沫沫，真羨慕你在這裏居住。」仕哲艷羨地説。

「不如我們問問嚴農，看他可不可以讓我們偶爾來這裏住住？」子研立即**興致勃勃**地説。

「呵呵，我不敢，他看起來不想被人打擾。」仕哲説。

沫沫笑了起來，說：「你說對了。農叔可以幾天不說一句話，躲在煉藥房內煉藥。他專注煉藥時，可不能隨便發出聲音。」

「噢，那還是來這裏參觀就好。」子研吐吐舌頭，往湖邊走去。

「哇，湖水好清澈，你們看，好多魚兒在湖裏呢！」子研開心地說。

高敏這時往四周查看，問道：「志沁呢？他跑到哪兒去了？」

仕哲回道：「他說吃太脹了，去上廁所。」

「嘿，明明就很喜歡喝三足蘿蔔湯，還死不承認，剛才我看到他在你農叔的煉藥房**鬼鬼祟祟**，沫沫，你可要小心點哦！」

「不怕，要是他敢搞蛋，農叔自會教訓他。」

「雖然你農叔很厲害，但還是小心為上。」高敏湊過去沫沫耳邊悄聲說，「我發現志沁有個古怪的小爪，他肯定帶着牠來濕地家園。」

沫沫顯得有點驚訝，她從未想過同學之間也需要防備。

「他不可能對我做什麼，我又不是他的**仇敵**。」

「話不是這麼説，他向來小氣，而且最近行為很怪異。」

「他做了什麼？」沫沫不禁感到好奇。

「我看過他走進魔法學校的湖邊小屋。」

沫沫立即抬高了眉，她之前在湖邊時也感到屋子裏頭似乎有危險，要不是子研在身邊，她肯定會**一探究竟**。

「沫沫，你一定要小心他——」高敏還未説完，發現沫沫露出吃驚的神情，接着沫沫用力推開了她！

高敏摔在地上，幸好苔蘚土地很蓬鬆，她並不覺得很痛，這時高弟大喊道：「危險！」

高敏望向沫沫，驚訝得合不上嘴。

「沫沫！」

高敏驚叫着往後退去。

　　只見沫沫被某個巨大生物的觸鬚捲起來拋了上去！

第十二章
天生魔物師

那巨大生物的頭部足足有整個足球場那麼大，突出於湖水中央，牠長得像豚類，有個凸起的扁鼻子，兩隻眼像彎彎的新月，嘴巴卻像魚兒嘴唇般厚厚兩片掛在臉上，臉頰兩側長了許多根看起來韌性十足的長觸鬚。

沫沫慌亂中使出飛行力，在空中翻騰了好幾圈定在半空。羅賓在一旁慌忙地想衝過去，使用火箭沖將沫沫送到農叔家裏，但想不到那巨大生物的觸鬚立時逮住牠，將牠拋向湖中！

「羅賓！」沫沫驚呼着，正要使用飛行力衝過去時，仕哲的修行助使——豚鼠「毛利」已經和高弟一頭栽進湖裏拯救羅賓！

只見毛利施展出精湛的泳術竄進水中，一會兒又露出水面呼吸，與天生會泳術的高弟不遑多

讓。牠們很快就發現羅賓，去搭救羅賓時巨大生物的強壯觸鬚卻伸了過來，牠們**狼狽不已**地閃避着這些可怕的觸鬚！

沫沫、仕哲、子研、米勒和高敏立即擺開陣勢，同時對巨大生物使出定身力。巨大生物似乎很聰明，迅速沉進水中躲避他們。

高弟和毛利這才順利地將羅賓救了上來。

「羅賓，你沒事吧？」沫沫衝過去問道。

羅賓晃晃頭，反問沫沫：「沫沫你呢？」

沫沫呵口氣道：「我沒事。」

「那是什麼？沫沫！」仕哲急忙問道。

「是豪豚。我很早就知道濕地家園有一頭非常巨大的古生物，但想不到牠居然那麼巨大！」沫沫皺着眉頭，**心有餘悸**地說。

子研聽見古生物，渾身不自覺地抖了抖，說：「為什麼濕地家園有這種可怕的生物？」

「古生物不是不能被帶出古地窖的嗎？」仕哲問。

「這頭古生物不一樣，牠從壁墜谷之戰逃出來，之後一直匿藏在這兒生活。」

「壁墜谷之戰？那是什麼戰役？」子研不解問道。

「這個**說來話長**，在魔侍世界是不允許提及的話題。」沫沫神色凝重地説，「那已經是幾百年前的戰事。」

「幾百年前？那牠不是有幾百歲了？」仕哲驚歎道。

「哇，真的是頭**名副其實**的古生物啊！」米勒好奇地朝湖裏望去。

「豪豚從來不攻擊任何生物。這次為何會攻擊我們？」沫沫疑惑地思索着。

「肯定是被什麼東西激怒了。」高敏説着，往四周查看了下。湖面看起來很平靜，但似乎有個地方有**漩渦**。高敏立即暗示沫沫，沫沫施展飛行力過去查看，發現湖邊的鬆軟土地似乎有個東西在裏頭。

沫沫正要走過去時，羅賓大叫：「沫沫小心！」

只見豪豚的觸鬚又伸出水面，迅速將沫沫捲了過去！

大夥兒急忙使用飛行力趕過去，誰知有道影子迅速掠過他們，朝湖中央衝去！

「是農叔！」子研喊道。

嚴農施展定身力將巨大的豪豚穩住，接着使用出傀儡力，只見他唸道：「麻離偶類達——鬆開！」

豪豚被行使了傀儡力後，纏住沫沫的觸鬚漸漸鬆了開來，但突然牠又握緊了，並發出狂怒的嚎叫！

沫沫被緊緊地捲住，全身**動彈不得**，雖然還能呼吸，但那觸鬚似乎釋放出一種可以麻痺生物的物質，沫沫感到渾身刺刺麻麻，非常難受。

「沫沫！」嚴農着急地呼叫道。

嚴農的傀儡力施展得不錯，但未達爐火純青

的狀態，只因他不屑學習這種魔法力，他這會兒不禁極度渴望自己的傀儡力能更純熟啊！

「不，我必須鬆開牠的觸鬚！」沫沫趁着意識還清醒，迅速橫掃湖面，見那兒有條枯枝，趕緊唸道：「安塔雷及，換！」

被豪豚觸鬚捲住的沫沫立即變成枯枝，而沫沫則漂浮於水面！

沫沫不敢放鬆，因為豪豚已鬆開原本抓住了枯枝的觸鬚迎了過來，沫沫看準時機，瞬間施展隱身力和飛行力：「拉浮雷雅，隱身！提希而，騰空！」

豪豚的觸鬚揮了空，這時，對換力剛好失效，隱身的沫沫對換回去被豪豚丟棄的枯枝那兒。

此時，農叔和伙伴們各自對巨大的豪豚施展魔法力，農叔繼續使出傀儡力，仕哲施行定身力，子研施展控制力（違規使用高階魔法力），高敏使出催眠力，唯獨米勒卻愣在一旁，完全施

展不出任何魔法力。

「怎麼辦？我又要眼睜睜看着我身邊的伙伴受傷害嗎？」米勒因為之前差點讓羅賓死去的事，對施展魔法力居然產生障礙。

隱去身影的沫沫往湖岸邊飛來，但豪豚不像其他生物那般使用眼睛看東西，牠似乎能察覺空氣流動，只見牠彎彎的月眼突然睜大，口中吐出水柱，沫沫正好被水柱打中，頓時落於水中！

「沫沫！」農叔急喊着，迅速飛躍過去，欲救起沫沫，誰知豪豚噴出更多水柱，將農叔和其他伙伴都掃開去！

沉於水中的沫沫漸漸失去意識，她看到豪豚的巨大身體正靠向她……

隱約中，沫沫感到身體內有股氣流沖了上來。原本憋住氣的她，控制不住地吐出氣來。

「不，這樣會更快沒氣……」

沫沫以為快沒氣時，體內的氣流似乎不間斷地浮現，她感到整個腹部和胸腔充滿空氣，導致

她的身體浮上水面！

「這是怎麼回事？」沫沫感到渾身充滿力量，她發現手腳散發出微微的金光，與此同時，她意外地看到某個身影出現於視線之中。

「米勒？」沫沫迷迷糊糊地說着。

在豪豚的厚大唇邊，居然有位魔侍應用飛行力站在那兒，他正是米勒。

米勒緊盯着豪豚的眼睛，豪豚的彎彎月眼**冒出火光**，說時遲那時快，米勒口裏唸出咒語：「斯達地落，定！」

豪豚的大嘴巴並沒停下，眼看就要吞下米勒！

米勒瞬間感應到什麼，施展出驅散力：「形夾離稀，散開！」

頓時，豪豚眼睛周圍有些東西散了開來。

米勒溫順地閉上眼睛，心底默唸着：「別怕，我沒有任何防備……」

令人驚訝的事情發生了，豪豚的雙目漸漸消

去火光，牠半張開的大嘴巴離開米勒後合了起來，身體迅速沉下水中，湖面的*波瀾*也慢慢平息下來。

「發生什麼事了？」高敏愕愕地問。

農叔急速將沫沫從水面抱起來，放到草坪上，此時沫沫身上的金光已隱去。

仕哲和子研過去喚醒停於半空中的米勒，他似乎還在迷迷糊糊的意識當中。

米勒被喚醒後，也趕到沫沫身邊。

沫沫緩過氣來，對米勒說：「米勒，你做到了！」

「我？我做到什麼？」米勒不明所以地問道。

農叔呵口氣，道：「你擁有我們沒有的力量，這種力量是**與生俱來**的。」

「什麼？我還是不明白。」米勒不禁搔頭抓耳。

「你擁有**馴服生物**的力量。」嚴農說。

沫沫這時咧開嘴笑了起來，說：「剛才我在水面看得非常清楚，惱怒的豪豚被你馴服了，米勒，你是天生的魔物師！」

　　「什麼？我是天生的魔物師？怎麼可能？」

　　「你不相信自己，也該相信豪豚對你的臣服，豪豚可不是任何魔侍都理會。」嚴農說着，露出讚許的目光。

　　米勒**傻乎乎**地回想了下，他記起豪豚憤怒的臉龐在轉瞬間幻化成可愛生物的模樣。

　　雖然對於馴服豪豚的過程有點模糊，但米勒終於找到了自信。他嘴角漾起一抹羞澀的微笑，說：「如果不是沫沫，我不可能發現自己的力量。」

　　「所以，你確定不要參加魔物師競賽？」沫沫抬高眉，看着米勒。

　　「成為魔物師是我自小的願望，我不想輕易放棄。」米勒抿抿嘴，深吸口氣看着大夥兒，說：「我決定──參加魔物師競賽！」

大夥兒都笑開了眉，農叔繃緊的面容也難得地舒展開來。

「那，那個的巨大的生物怎麼辦？」子研指着湖面，**忐忑**問道。

「還有怎麼辦？繼續讓牠住在湖裏啊！」羅賓說。

大夥兒看向嚴農，嚴農謹慎地説：「豪豚不會無緣無故傷害魔侍或人類，我相信牠不會再犯下這種錯誤。」

沫沫也贊同農叔的做法，説：「牠是濕地家園的一分子，我們不能拋棄牠。」

「嗯，其實豪豚不是什麼可怕的生物，我們不應該對古生物存有偏見。」米勒説着，目光飄向湖面，似乎很想再去看看豪豚。

「高弟，你確定這**大塊頭**沒有危險？」高敏問道，高弟可是能預測危險的修行助使。

高弟點了點頭，説：「我沒有感受到任何危險氣息。」

雖然高敏相信高弟的能力，但她生怕豪豚突然又從水面沖出來發狂攻擊他們，於是急忙說道：「我們還是趕快回去家裏吧！」

　　「是啊！不是說要慶祝生日嗎？」子研也趕緊附和，她可不認為豪豚是不可怕的生物啊！

　　說到慶祝生日，嚴農兩眼瞬間亮了起來，但他馬上**若無其事**地說：「那就快點回去吃生日餐。」

　　於是，大夥兒同時施展飛行力，與一班修行助使浩浩蕩蕩地趕回家去。

第十三章
熱鬧的生日會

回到濕地家園後，子研找到志沁，發現他居然在煉藥房睡着了，趕緊喚他起來，説他錯過一場驚險的大戰。

「我才不要經歷這麼可怕的戰鬥。」志沁看着子研，一臉興奮地説：「對了，我發現這裏有好多好玩的東西，看，這兒有個怪臉娃娃魚，還有會自動出水的石頭……」

高敏一臉狐疑地看着志沁，她總覺得這事跟志沁有關，但剛才他們與豪豚對戰時，千隱説志沁在煉藥房睡得正香，牠還特地釋放出適宜睡眠的香氣，讓他好好休息。另外，她也沒看到志沁的古怪小爪，想來這次的豪豚攻擊事件應該跟他沒什麼關係。

經過這麼一戰，大夥兒都餓扁了，農叔搬出

一早從城鎮訂購的美味小食招待他們。

　　沫沫也拿出從好夫人那兒買來的紅果醬送給農叔。

　　「原來沫沫你準備了紅果醬給農叔啊！真是太適合了，好夫人說，這是送給經常**吃不定時**的魔侍的最佳禮物。」羅賓說。

　　農叔顯然不同意自己經常吃不定時這回事，但還是欣然收下沫沫的禮物。

　　除了紅果醬，農叔還收到子研準備的魔法眼

鏡，說是能讓視線變柔和。仕哲送給嚴農一枝永遠不會沒有墨水的羽毛筆，米勒則帶了幾包家裏寄給他的冰軟豆，確保腦袋清醒的同時還可補充體力。

高敏來不及準備禮物，她畫了個嚴農的卡通肖像給他。志沁什麼都沒帶，只好在大夥兒的起哄下，讓大家在他臉上塗鴉。

農叔頭一回收到這麼多有趣的禮物，還被沫沫同學搞怪的舉動逗得好幾次忍不住**撲哧一笑**，但他總是半秒內就收回笑臉。

千隱在一旁散發讓氣氛變得輕鬆的香氣助陣，濕地家園前所未有洋溢着濃濃的喜慶和熱鬧氛圍。

此刻，大家並沒有發現有隻怪手在走廊上行進。

牠剛才趁着大夥兒不注意時跳進湖中，對準豪豚的眼睛將一隻刺眼蟲扔了過去，成功激怒脾氣溫順的豪豚。刺眼蟲顧名思義，是能讓眼睛產生**劇烈**刺痛感的小蟲，對身體的其他部位沒有任何影響。

　　怪手喀喇喀喇溜進客房，鑽進志沁的背包，隱秘地躲進盒子內。

第十四章
休養間的傷者

一位身形高瘦的魔侍走向醫務室。

正在值夜班的提奧坐在櫃枱處，檢查着病患的病歷表。

這時那高瘦魔侍拐進醫務室門口，提奧剛抬起頭，那魔侍迅即用低沉的聲音唸道：「糸諾絲，眠！」

提奧還未來得及看清是誰，就被施行了催眠力沉沉睡去。

那高瘦魔侍逕直往最裏面的5號休養間走去，那兒躺着一位傷者。

傷者頭部和身上幾個地方都纏着繃帶，兩眼渙散地望着天花板。雖然如此，她耳朵仍聽見聲響，高瘦魔侍走進來時，她立即轉過頭盯着他。

那傷者竟是高八度音！

高八度音**目光呆滯**地看著來者，向來語速驚人的她變得很遲鈍，緩緩地說：「我沒事……萬老師。」

原來高瘦魔侍居然是被同學們稱為「惡神」的萬聖力老師！

「你知道誰想對你行使傀儡力嗎？」

「我……記得。有隻灰貓……在辦公室外，我一跟牠對視……」

高八度音還未說完，惡神即說：「我明白了。」

「還有，湖畔小屋……有奇怪的東西……」

高八度音艱難地想坐上來，惡神大步走過去扶起她，直視她的眼珠，唸道：「奪拉多斯，隱去！」

下一秒，高八度音和惡神都消失了！

米勒夢想成為魔物師，他終於下定決心參加競賽，但這一屆魔物師競賽有個新規則——必須兩人組隊參賽。沫沫義不容辭，與米勒組隊參賽。

科校長指示「惡神」萬聖力老師啟動特訓，並加上咕嚕咚和哈里斯太太，由這三位導師帶領沫沫、米勒、仕哲和子研四人前往浮日島進行訓練。

途中，他們遇上超級巨大的漩渦，島上更是充滿各種各樣的危險，他們能夠順利完成特訓嗎？更想不到的是，他們的隨行生物居然被施行了一直被魔侍世界禁用的傀儡力……

想與沫沫一起探索魔法世界？
請看《魔女沫沫的另類修行8》！

魔女沫沫的另類修行7

黑暗崛起

作　　者：蘇飛

繪　　圖：Tamaki

責任編輯：黃稔茵

美術設計：李成宇

出　　版：新雅文化事業有限公司

　　　　　香港英皇道499號北角工業大廈18樓

　　　　　電話：(852) 2138 7998

　　　　　傳真：(852) 2597 4003

　　　　　網址：http://www.sunya.com.hk

　　　　　電郵：marketing@sunya.com.hk

發　　行：香港聯合書刊物流有限公司

　　　　　香港荃灣德士古道220-248號荃灣工業中心16樓

　　　　　電話：(852) 2150 2100

　　　　　傳真：(852) 2407 3062

　　　　　電郵：info@suplogistics.com.hk

印　　刷：中華商務彩色印刷有限公司

　　　　　香港新界大埔汀麗路36號

版　　次：二〇二三年六月初版

ISBN: 978-962-08-8222-7

© 2023 Sun Ya Publications (HK) Ltd.

18/F, North Point Industrial Building, 499 King's Road, Hong Kong

Published in Hong Kong SAR, China

Printed in China